1924-2024

中国海洋大学建校100周年
OCEAN UNIVERSITY OF CHINA
100th ANNIVERSARY

中国海洋大学文学与新闻传播学院 编

于慈江　修　斌　**主编**

百年海大，我对你说

中国海洋大学出版社
·青岛·

图书在版编目(CIP)数据

百年海大,我对你说 / 中国海洋大学文学与新闻传播学院编;于慈江,修斌主编. — 青岛:中国海洋大学出版社,2024.12. — ISBN 978-7-5670-4083-0

Ⅰ. I227

中国国家版本馆 CIP 数据核字第 2024EM2023 号

出版发行	中国海洋大学出版社				
社　　址	青岛市香港东路 23 号		**邮政编码**	266071	
出 版 人	刘文菁				
网　　址	http://pub.ouc.edu.cn				
电子信箱	cbsebs@ouc.edu.cn				
订购电话	0532-82032573(传真)				
责任编辑	孙宇菲		**电　　话**	0532-85902349	
印　　制	青岛泰兴印刷有限公司				
版　　次	2024 年 12 月第 1 版				
印　　次	2024 年 12 月第 1 次印刷				
成品尺寸	144 mm×210 mm				
印　　张	13				
字　　数	315 千				
印　　数	1～1100				
定　　价	99.00 元				

发现印装质量问题,请致电 0532-83831618,由印刷厂负责调换。

代　序

"海之子"诗评十则:我眼里的海大诗歌

一、陈楷文同学诗评

(一)郑宇飞《与岸对谈》

经由奇妙、精确的象喻,郑宇飞将校园和她高举的一切,化作岸和海的两项并列。在岸的自称中,她不介意船只远航、另寻故乡,不在乎来去的浪的殊异或类同,以自我"仅有礁石"的体认,承载世事的变迁。

岸成为某种温柔、富于希望而再无所求的永恒大地一角之皈依,允诺停泊、离散和磨损,满足于此间的一切。岸的形象描写,抛弃了常规的人的匮乏、狭小、欲求不满的波荡的心,形成超人、崇高所指的一种符号。

同时,诗歌对于永恒意向的塑造也异常精微,指针和星星开篇构成浩瀚、时间和容器的互文。岸也不是笼统地进入永恒序列,而是借用其口,表述诗人自己对于永恒的看法,从语言、理念、信仰的内在角度出发,将其永恒。与此同时,用"浪构成了岸"的动态、互文、联系的精彩表达,显现了岸对永恒和当下时空的共时连结,属实熨帖。

(二)张莘翊《最接近神的时光》

该诗所附创作谈的内容极大地丰富了对诗歌的阐释和注解,升华了诗歌略显单纯和稚嫩的表达。诗中运用大量的纯净想象,营造出广阔的意境,来雕凿写作者设身处地感应到的、校园赋予她的具有伊甸园气息的温澄时空,还原了朴素的田园情怀:山和海、校园和家园、孩童和老人、童年的再现、天与光与云与夜与大地与梦和床的呼应……

最为特殊的是，这些意境乃是经过经验、情感的二次还原之作。写作者通过阅读攫取的关于纯净的描写、感应，共通的情感和想象，承载、贯通了原文的段落，来搭建自己的写作（生活）。这种意志实在难能可贵。

诗歌的动人之处在于真实。我很高兴、很幸运能一睹真正将海大化作自己的梦境、自己理想生活的存在状态的诗意表述。正是这种对于时空的迷恋、填充和赞美，让我对这片共同体的空间，有了更多的温存和想象。可以说，张莘翊这首诗真正做到了对这片空间想象的增益和添加，尽管它是直白、常态的一种过于周正的爱。

（三）于慈江教授《我的大学，我的校园，我的航船》
《我的青岛，我的母校，我的骄傲》

于老师的创作立场本身是困难的——作为提倡者、代表人，他必须写出符合活动期待形式（宏大、正统、不囿于自我、长篇）的诗；而就人格和自我期待而言，他的写作又不能掺杂龃龉、虚伪、逢迎、一时想象和癔症。

对这两股虽非向背而行的意图作熔铸、作建构的困难，我难以想象。这意味着，于老师必须将宏大意志真正融入自我，用这部分被融化、成为共同体的自我，来展开自己的文字叙述与诗意建构。

写作的困难包括但不限于：突破重复性循环的陈旧表达，不同语境词汇的糅合和重构，自我的生动细节向宏大文字塔的让渡和纳入，宏大本身搭建的复杂和系统性，等等。

于老师做得均非常出彩。

此外还需说明的是，自我向理想共同体的让渡不以文字判断真假，那确需要自我生命的让渡、改变和点燃。于慈江老师贯穿生命的这种行为不只是能力的强大，更有赖于他拥有真正的理想。

二、向永晟同学诗评《恒曦诗话》

(一)序

黎献纷杂，腾声惟属文字。逝者如斯，铭者但存雅辞。《风》《雅》滥觞，楚歌意恣，汉赋靡采，魏晋乏实。南北割政，乱隐才思。盛唐气象，诗颂兴时。两宋市井，词风革式。而日月走马，今属新诗。康桥漫溯，衣袖挥别云彩。春暖花开，来日饮马劈柴。漏断无光，长夜赋黑寻白。从前皆慢，终生一情相待。古今相较，各放异彩。行间参差，字韵新排。为文以赏，岂不快哉！

昔明清诗郁，难言大成。缘迹唐宋，未闻臻声。为文造情，章骨阙铿。风梏八股，浑然不更。利禄障目，干谒王孙。墨乖国事，市井书盛。扼杀文字，皆为辅政。普天之下，皇权霸横。何敢多言，惟求偷生。

今诗文见光，品类流芳。古意可凭，新思以当。政通人和，笔墨高昌。蕴意隽永，若响珂玲。游目骋怀，兴象以唱。留得万千文萃，以开本我新章。

百年新诗，在心为志。阅文大家，珠玑俯拾。偶得同僚，屏息探试。凝绪万千，归于一纸。他山之石，恕我评知。

(二)于慈江教授　诗二首
《我的大学，我的校园，我的航船》
《我的青岛，我的母校，我的骄傲》

诗篇其一，以"我"之目，鉴乎品类。碧波荡漾，草木葳蕤。红瓦遍楼，山峦崔巍。区位风光，刻画入微。"我的大学""我的校园"，景象立体，反复入目，建筑美也。桃李尘寰，望远学苑，音乐美也。色彩分异，移步换景，览尽名胜，层次鲜明，绘画美也。

而余之所眷，于其二之寻常。傍水依山，满足想望。缤纷凌霄，柔情生伤。溽暑白云瓦蓝，无花国色天香。果树生津，邻女经蕾。鱼蟹满席，内陆价昂。渔火彻夜，天地悠长。青霉弥漫，爱嫌相当。寻常小事，识得人文自然；清新柔软，顿觉诗风澹澹。静谧安恬，难以尽言，实为上品也。

词藻之美不容置喙，余亦赞于叙事之宏大也。师者之道，显然其中。博莘莘学子以文，彰谦谦为师之道。正装俨然，深造神圣庄严。慈爱包容，授业学子并肩。

赞曰：文为百年，意旨慷慨。藻绘静深，思绪流淌。桃李不言，闻香满房。师心仰止，符质相当。

(三)孙宁《百年海大，你听我说》

同窗之诗，亦有亮色。共寄海大，稍逊曩者。通篇宏大，措辞激烈。助词展气，顿挫有得。船破巨浪，意象独特。景耀无限，抒情浩歌。赞予海大，胸载山河。

赞曰：文辞昂扬，贺校百年。新人为诗，可圈可点。意境宏大，气盛冲天。若以雕琢，风明骨现。

(四)小结

余所以不以白话论之，欲彰古今融汇之美也。志趣使然，诗话品鉴。而时近期末，未铸长篇。喟叹光阴所限，盛赞良作无边。待重担卸于身，自兹继评，沉阅补全。

三、杨萌玉同学诗评
——于慈江教授"诗二首"与郭子悦老师《我与海洋的约定》

在 2024 年 5 月 25 日举办的"百年海大，你听我说"一多主题诗会上，文星汇聚，异彩纷呈，涌现出一系列精彩诗篇。我选评的于慈江教授"诗二首"、郭子悦老师《我与海洋的约定》这三首诗各具特色，结合历史与当下、时间与空间，将百年校史、青岛的城市文化、个人的爱校情感相互融合贯通，多角度地抒发了对百年海大的深厚感情。

（一）于慈江教授 诗二首
《我的大学，我的校园，我的航船》
《我的青岛，我的母校，我的骄傲》

于慈江教授"诗二首"之一《我的大学，我的校园，我的航船》以深情的笔触，细腻地描绘了一个面朝大海、依山傍水、学术氛围浓厚的百年海大。这首诗最显著的特点之一是，意象丰富而鲜明——通过"碧波荡漾的浩瀚大海""起伏有致的山峦""青翠岛城"等意象，勾画出了海大独特的地理环境。而"红瓦、碧树""流水般活泼泼来去的青葱学子"等意象，则生动地描绘了校园的自然风光和青春气息。

在诗中，诗人不仅描绘了海大校园的自然之美，还深入展现了其学术氛围的浓厚。"研究高深学问、培养硕学宏材"等表述，则进一步强调了大学在人才培养和学术研究方面的使命和责任。在展现校园的自然之美和学术氛围的同时，诗人还通过一系列富有哲理和人文关怀的表述，弘扬了大学的人文精神与气象。例如，"海纳百川、取则行远"体现了大学开放包容、追求卓越的精神风貌；而"我们以生为本，在无垠的书海里奋力前瞻"，则强调了大学在培养学生方面的人文关怀和使命担当。

诗人对母校的眷恋和自豪之情溢于言表，整首诗情感真挚而深沉。无论是"我在我的大学里终身学习、披星戴月"的坚守，还是"我在我的校园里瞩望诗歌、花朵与远方的美好"的憧憬，都体现了诗人对海大的深厚感情和美好祝愿。这首诗不仅具有很高的艺术价值，也具有重要的文化意义和社会价值。

于慈江教授"诗二首"之二《我的青岛，我的母校，我的骄傲》呈现了一幅青岛的立体画卷，将青岛的自然风光、人文历史、个人情感以及生活体验巧妙地融为一体，展现了对这座城市的深厚情感和对生活的独特感悟。

在这首诗中，诗人通过一系列具体的地名和景象，如"田横岛""灵山岛""东阿路""栈桥"等，将个人情感与青岛的城市历史紧密相连，描绘了青岛优美的自然风光和城市景观，构建了一个既有深度又有广度的情感空间。同时，诗人通过"凌霄花""樱花""桃李花"等自然景观的描绘，以及"炒蛤蜊""虾虎""袋装啤酒"等生活细节的勾勒，让读者仿佛置身于青岛的涛声之中，感受到了这座城市独特的魅力和韵味。

从大海的浩瀚与蔚蓝、气候的潮湿与温润，到岛城的青翠与悠闲、大学校园的静谧与安恬……诗人用善于发现美的笔触，捕捉并提炼了青岛和海大每一个有意味的细节，表达了自己对这座城市深深的热爱和赞美。

总的来说，于慈江老师这首《我的青岛，我的母校，我的骄傲》是一首充满诗意和深意的诗歌，不仅展现了青岛这座城市独特的魅力和韵味，还将其与海大这座百年校园紧密联系在一起，彰显出大学的文化建设与精神积淀意义。尤其是，该诗的语言生动、形象而细腻，富有感染力和表现力，是一篇值得一读再读的佳作。

（二）郭子悦老师《我与海洋的约定》

郭老师《我与海洋的约定》这首诗以其深情而富有层次的叙述，展现了一个海大人对海大的深厚情感和对生命旅程的深刻感悟。从少年、青年到壮年，诗人巧妙地将个人成长与对海洋的约定相结合，构建了一种跨越时空的情感纽带，使读者在欣赏诗歌美的同时，也能深刻感受到生命的连续性和对未来的期待。

诗歌开篇以"十七岁"为起点，诗人用"整夜不熄的台灯""笔下流转的墨香"和"如浪花般翻动的卷子"这三个意象，生动地描绘了青年学子对知识的渴望和对未来的憧憬。台灯象征着夜以继日的努力，墨香则是知识的芬芳，而翻动的卷子则如同浪花，象征着不断涌动的青春活力。这种情感与意象的交融，使得诗歌在表达上更加生动、具体。

随着岁月的流逝，诗人通过"十八岁""二十一岁"和"三十一岁"这三个年龄段,展现了个人成长过程中,面对当下的不同心境和对未来的期许。在十八岁时,诗人用"镌刻姓名的红纸""满怀憧憬的扬帆"和"打湿蓝色迷彩的汗水"这三个意象,描绘了青涩而富有憧憬的年少时光。在二十一岁时,则用"挥别家乡的车站""朝乾夕惕的奋斗"和"黑夜慷慨赠予的月光"这三个意象,描绘了为了梦想远离家乡、努力奋斗的场景。而在三十一岁时,诗人则用"十年不变初心""亮了百年的红烛""看不倦的漫漫樱海"和"读不完的百年风云"这四个意象,表达了对过去的回忆和对未来的坚定信念。

这些意象不仅展现了个人成长的痕迹,也映照出诗人与海大的情谊经年不变、历久弥新——海大不仅是相伴多年的校园,更是其成长的陪伴者、参与者。正是这种亲切可感的"在场"感,才使得两者之间的情感更加真挚动人。

在诗歌的结尾部分,诗人用"承蒙不弃"和"再和你拉钩"这两个动作,表达了对海大的深厚情感的珍视。而"许下如旧的约定"和"一百年不变"这两个表达,则深化了诗歌的主题——无论岁月如何变迁,对海大的热爱和承诺永远不会改变。

(三)小结

总的来说,于慈江教授和郭子悦老师以上这三首诗以历史与现实的映衬、城市空间与生命体验的交织、情感与意象的交融等方式,展现了对百年海大的深厚情感,不仅具有高度的艺术价值,也具有重要的文化意义。在海大百年校庆到来之际,诗人经由"百年海大,你听我说"这一诗歌言说和舞台呈现方式,将自己对海大的深情娓娓道来,展现了一代又一代海大人的爱校情感和对海大未来的无限期许。海大的历史和海大人的情感会通过这些诗篇被全部记下、一一容纳。

四、毛忻怡同学诗评
——曲丽婧《百年再百年》与郭子悦《我与海洋的约定》

《百年再百年》与《我与海洋的约定》这两首诗歌以其独特的写作手法和真挚的思想感情，展现了作者与学校之间跨越时空的深厚情感。下面，我将从写作手法和思想感情两个方面起笔，综论这两首诗。

（一）写作手法

1. 意象丰富而独特

两首诗都运用了丰富的意象来表达情感。在曲丽婧《百年再百年》中，"海蓝色的信""樱花""浪花""海鸥""暖阳"等意象构成了一幅幅生动的画面，使读者仿佛置身于一个浪漫而神秘的环境中。而这也正是对我们最美丽的校园的写真。诗中"一封海蓝色的信敲响一扇门／便注定了我将为你跨越山海而来"一句既是对学校的坚定承诺，也象征着作者为了心中的目标而不断追求、不断跨越的决心。郭子悦《我与海洋的约定》则通过"台灯""墨香""红纸""扬帆"等意象，展现了作者与学校之间不同阶段的约定与情感变化。

2. 情感细腻而深沉

两位作者在表达情感时，非常细腻与深沉。在《百年再百年》中，"听见晚风吹过五子顶的树梢／此时我们都正当年少"这样的句子不仅描绘了校园一角具体的场景，更表达了作者对青春的怀念和对学校的深情。《我与海洋的约定》则通过描写从青春的理想和憧憬，到成熟后的奋斗和坚守，再到对学校深深的热爱和敬仰，令每一个阶段都充满了真挚的情感和深刻的思考。

3. 结构巧妙而完整

两首诗歌在结构上都非常巧妙和完整。《百年再百年》以时间为线索，从相遇、相知到相守，展现了作者与校园之间的情感历程。《我与海洋的约定》则通过描述不同年龄段与学校的约定，来构成了一个完整的人生轨迹。这样以时间为轴线的叙述使诗歌更具有感染力和深度。

（二）思想感情

1. 学子的深情厚谊

无论是《百年再百年》还是《我与海洋的约定》，作者都表达了对学校的深情厚谊。海大不仅是作者情感的寄托，更是作者灵魂的归宿。两位作者都通过诗歌表达了对海大的赞美和敬仰，更表达了对海大无尽的爱意。

2. 未来的美好憧憬

在《百年再百年》中，作者一句"那时的你/又将长什么模样/樱花是不是又该开了/一样地轰轰烈烈吧"，既表达了对未来的美好憧憬与向往——她希望学校的樱花可以一直盛开，也表达了对学校的美好祝愿。"轰轰烈烈"祝你也祝我。在《我与海洋的约定》中，作者写道："承蒙不弃——今天/我想再和你拉钩，许下如旧的约定/海洋，我爱你，一百年不变"。作者相信，无论未来如何变化，我们与学校之间的情感将永远不变。这种对未来的美好憧憬与向往，也使诗歌更具有感染力和鼓舞人心的力量。

综上所述，曲丽婧《百年再百年》与郭子悦《我与海洋的约定》这两首诗不仅让大家看到了属于海大的美丽风景，更让我们感受到了海大学子与学校之间的深厚感情。

五、姚佳琪同学诗评

（一）林宇聪《前世未寄出的信》

《前世未寄出的信》是作者林宇聪与舍友在夜樱下谈天说地的有感之作，诗歌情感真挚、耐人寻味。这既是一首感慨人生、回望来路的诗，也是一首奇妙虚幻、别具一格的"百年海大"赞诗。

诗歌的题目《前世未寄出的信》无疑让听者感到浓浓的宿命感——前世的信为何没有寄出？现在手中的信是来自遥远时光的回响吗？

"在好几个前世的轮回里/我们早就见过面"。"好几个"道出历史的悠长，也道出海大厚重的历史记忆。"早就见过面"则表达出作者对海大浓烈的情感——仿佛海大就是其一生的命中注定，是其人生的必经之路。

"第一次是在一个漆黑的夜晚/我抱着一本红白封皮的杂志/一声不吭地扎进了黑暗/就像一粒沙子投入水中/没有发出一丝声响/那无边的夜也只是微微荡起涟漪"。作者在这一诗段中，幻想自己是一名抱着《新青年》杂志反抗封建统治的学生。但从另一方面看，这一诗段也是海大早年历史的真实写照。海大创建于1924年，一个风雨飘摇、黑暗压抑的时代，中国正处于生死存亡之际。海大庇佑着海大学子追求理想与自由，即使"像一粒沙子投入水中/没有发出一丝声响"，也一声不吭地砥砺前行。

"第二次是在一个寂静的黎明/我扛着一面鲜红的旗帜/枪炮声和火光穿过我的身体/在我倒下的那一刻/火热的太阳追上身来/漫长的黑暗化为短短的影子/最终被光明吞噬"。这一诗段与前一诗段形成对比和呼应——"漆黑的夜晚"与"寂静的黎明"，"红白"与"鲜红"，"黑暗"与"光明"，进一步延展我与海大的宿命感，时光之旅缓缓向前。

诗歌的最后一诗段是情感的升华和喷发。海大与作者走过漫漫长夜、枪林弹雨、狂风暴雨，终于在樱花树下，收到那"前世未寄出的信"，在红旗下、春风里、盛世华夏怀抱中相拥。这一诗段抒发出作者对母校的感恩感怀，也预示着百年海大风华正茂。

（二）许幼函《里程碑》

许幼函的这首《里程碑》用里程碑来铭记海大波澜壮阔的事迹，抒发了作者对海大光辉历史的赞美之情。诗中的韵脚"足迹"

"一笔""铭记""叹息""磨砺""事迹"押得很自然,使整首诗声韵和谐。"怎能落下轻描淡写的一笔"用反问的形式,来表达海大的足迹必然是浓墨重彩、不可轻轻掠过。随后,作者联想到大自然的"烈日""暴雨""狂风"——连壮美的自然也为海大而俯仰、叹息,喻示着海大的功绩。

《里程碑》一诗的结尾"就让我们携手一起/翘首下一轮勃勃的生机"将诗歌的情感推向高潮,使我们产生深深的共鸣——未来的海大、未来的世界生机勃勃,只等莘莘学子去丈量、去奋进。

(三)赵璐、朱静怡《海之心》

在2024年5月25日举办的"百年海大,你听我说"一多主题诗会上,最打动我的一首诗是《海之心》。海之心博大、柔软、浪漫、深情,让我们为之摇旗呐喊、为之曼舞。

"浓密的绿,轻柔的粉/静谧的蓝,梦幻的金/纯粹的白,冰洁的银"。"浓密""轻柔""静谧""梦幻""纯粹""冰洁"不仅描绘了颜色的特质,还徐徐展开了海大的风景画卷,更是将百年海大的风烟与灵魂描写得淋漓尽致。

"你是映月湖畔的天鹅/悠然地划过历史"。这段诗最打动我的三行是"那琉璃般静稳的湖面/昼夜拨弄着涟漪做的琴弦/低吟浅唱着古老的歌谣"。这三行朗诵起来时,美感仿佛扑面而来,给你一种心灵的沉醉。你仿佛做了一个梦——星光迷离,夏虫脆鸣,月光拨弄着涟漪做的琴弦;你站在映月湖畔,低声唱着古老神秘的歌谣。

"你一手拈花,一手持剑/勇立时代的潮头"。这两句诗则是海大形象的诗意体现——海大一手拈着樱花,给海大学子编织美丽、梦幻的摇篮;一手持着利剑与狂风巨浪搏斗,又化作一艘行远的船,载着无数向往梦和远方的学子乘风破浪。

"以此在岁月的年轮里/深深地刻下祝福你的铭文"。最后,《海之心》的作者表达了对海大的真挚祝福。这是一首感人至深的赞歌。

（四）小结

诗者，志之所之也，在心为志，发言为诗，情动于中而形于言。《前世未寄出的信》《里程碑》《海之心》都抒发了作者对海大的强烈情感，都是诗人对于海大的独特心灵体验。这三首诗分别从真实体验、历史铭记、海大风貌的角度入手，来表达对即将迎来百年华诞的海大的赞叹。

六、原芝淇同学诗评

（一）许幼函《里程碑》

诗歌一开篇写"为何用日月星辰的轨道将时间/定义，莫非历史没有自己的足迹"，点出了岁月的流转，引出了时间的概念，随即自然地提起了"百年来有多少风风雨雨"，就与一多主题诗会（2024.5.25）的主题"百年海大，你听我说"联系了起来。后一句中，说不能"随便落下轻描淡写的一笔"，表达了作者对于海大百年辉煌的骄傲。进而引出下一段，想要为海大的百年立一块里程碑，而且是"巍峨"的里程碑。

这首诗的题目就是《里程碑》。"里程碑"作为一个物理实体，是对于光辉时刻的镌刻与留驻。而在这首诗之中，"里程碑"是一个象征性的石碑。海大从 1924 年一步步走来，在 2024 年，走入了一个新的阶段。而一百年校庆，正是海大发展过程中的一个里程碑，是海大过去百年耕耘的见证和继往开来的起点。以《里程碑》为题目，隐隐将海大的过去、当下和未来联系起来，不仅有一种历史的变迁之感，也蕴含了海大学子对于学校即将百年的兴奋与自豪，以及对未来的期许。

而这块里程碑上细心雕琢镌刻的，是"壮美的记忆""波澜壮阔的事迹"，是海大百年来在"烈日""暴雨""狂风"之下，仍旧坚毅前行的足迹。这些铸就了海大精神的经历不能够轻描淡写，而一定要"刀琢斧凿"。碑文中的"书声琅琅"和"书生意气"也正彰显了百年来，海大在学术研究和人才培养方面的成就——不仅书写了从海大校园走出去的行业大拿，也书写了那些看似没什么辉煌事迹、在全国各地发挥才能并奉献自己的"海之子"。

在第三小节中，碑前碑后"人头涌动""熙熙攘攘"，也正象征着海大无论是以前，还是如今和未来依旧人才济济的模样。前人虽然多已离开海大，但是他们对海大的影响从未消减，他们的心也始终牵挂着海大，好像"从未离开"；而如今海大的学子，也是生机勃发，在海大充实着自己，希望能够成为羽翼丰满的雄鹰，不只在海大翱翔，更要高翔广阔的天空，如同"万帆竞发"。

最后，作者说"几代人前赴后继、生生不息"，里程碑却仍然驻足在这里。这自是一个辉煌时刻的留念，但更象征着一个崭新航道的开辟。里程碑驻足于此，但我们不能驻足于此。因此，作者又写到"就让我们携手一起，翘首下一轮勃勃的生机"——前方等待我们的是新的里程，我们要做的是为海大铸造新的里程碑。

这首诗令我很喜欢的一点是，作者在诗中，引入了"里程碑"这一堪称巧思的核心概念，将"海大百年"这一个非实体化概念形象化为"里程碑"，进而围绕着"里程碑"展开对海大过往的回望、对未来发展的期盼。不难看出，作者对海大有着发自内心的热爱与自豪。

（二）刘晓倩《海大园的四月，真好》

刘晓倩这首《海大园的四月，真好》和上面许幼函的《里程碑》风格上反差较大：《里程碑》是在赞颂海大的历史与发展，展示的是宏大的百年气象；而这首《海大园的四月，真好》则重在描绘四月时、春风里，作者在海大校园中的日常生活——以一种轻缓的语调，将校园中的景象娓娓道来，像是朋友间闲叙，言语之中是掩不住的陶醉与喜爱。

开篇即言四月里轻柔的春风把海大唤醒，既点明了时令，也让下一节中对花草树木的欣赏显得顺理成章。我们这些海之子都知道，在四月的海大校园，最为吸引人的就是鲜艳盛放的百花。作者也正是抓住了这一点，在这一节里，集中描写校园中的花草——茶树、梨树、玉兰、黄菊，还有四月校园中的"明星"——樱花，和九珠坛上浪漫的紫藤萝瀑布。虽然描写的语句简单，但对于生活在四月海大的我们，在简单的描写中，也能在眼前再现樱花大道上或散步、或欣赏、或吟咏、或记录的校园时光。

下一节，作者调动我们的听觉，在声音世界中认识海大校园，无论是自然的声音，还是我们自己的声音，都点缀着校园的美景与闹热，颇具生活的气息，淋漓尽致地烘托了独属于四月的生机。

而到了第四小节，作者已不满足于从视觉和听觉角度，让我们重新走入校园，而是让我们"闭目回味——"，巧妙地调动我们的想象力，引导着我们在脑海里、在记忆中想象与回味着校园的种种，小蓝（电动车）、小公交、免费的粥汤、温热的洗手水……点点滴滴中，都是海大对于"海之子"的关怀。

生活在这样的校园里，我们感受到的自然是美好，也难怪作者会在结尾处发出"校园的生活，多么美好"的内心感叹。

我认为，这首诗最值得称道的是温柔又不失活泼的语气，以及"你展眼细瞧——""你侧耳聆听——""你闭目回味——"这三个小节的开头，十分有爱，与"百年海大，你听我说"的主题很是贴合。在亲切的交谈中，正流露出作者对海大浓浓的爱意。

七、侯梦遥同学诗评："百年海大，你听我说"一多主题诗会

（一）引言

一多主题诗会"百年海大，你听我说"（2024.5.25）不是一次简单的诗歌集会，而是一次穿越时间长河的深情对话、一场触及灵魂的精神洗礼。

这里选取林宇聪《前世未寄出的信》、赵东琦《致百年海大》和许幼函《里程碑》三首诗，来透视整场诗会的灵魂底蕴，感受诗歌字里行间涌动的强大力量。

这三首诗共享着对历史的深刻回望与个体情感的真挚抒发，以不同的笔触，勾勒出对海大的真挚感情和美好祝愿：《前世未寄出的信》通过虚构的前世记忆，巧妙地将个人情感与自然界的变迁相交织，借由黑暗、黎明、风暴与樱花等自然元素的象征，构建了一个既私人又普世的情感世界；《致百年海大》则以红瓦青树、灯火阑珊等具象细节，勾勒出海大独有的风貌，不仅有对过往的沉思，更有对未来的美好愿景；《里程碑》以其命名预示着对未来的展望，以历史为基石，呼唤一个携手并进、更加辉煌的时代，展现了前瞻性的思考与乐观的期许。

（二）林宇聪《前世未寄出的信》

林宇聪《前世未寄出的信》以其独特的叙事手法和深刻的情感内涵，打动了许多读者的心。诗人通过四个前世轮回的想象，巧妙地构建了与百年海大前世今生的奇妙缘分。在漆黑的夜晚、寂静的黎明、恐怖的台风天以及落樱纷飞的傍晚，诗人依次以"抱着红白封皮杂志的学生""扛着红旗的烈士""乘船远赴深海的学者"和"今日与你相遇的幸运者"四个身份出现，展现出对海大深厚而复杂的情感。这种情感不仅是诗人个人对海大的热爱与敬仰，更是对母校百年历史文化的传承与赞美。

诗人巧妙地运用了"红白封皮的杂志""鲜红的旗帜""汹涌的浪涛"以及"落樱纷飞的傍晚"等意象，不仅丰富了诗歌的画面感，更深化了诗歌的主题和情感。

同时，诗人还巧妙地运用对比和隐喻等修辞手法，如将"漫长的黑暗"与"火热的太阳"相对比，令"百年时光"与"今日相遇"彼此提示与映衬，进一步增强了诗歌的表现力和感染力。

（三）赵东琦《致百年海大》

赵东琦《致百年海大》则是一首深沉而热烈的赞美之歌。诗人以海大为对象，通过对其历史、文化、精神等方面的赞美和感慨，表达了对母校深深的热爱和敬仰之情。

诗人巧妙地运用了"红瓦碧树""星星点点的灯火""一多先生的笔"以及"深夜摩挲着旧铁皮车的祥子"等意象。这些意象不仅生动形象、极具历史感地描绘了海大的校园风光和人文氛围，更深化了诗歌的主题和情感。

同时，诗人还巧妙地运用了"红瓦碧树""星星点点的灯火"等排比句式，增强了诗歌的节奏感和韵律美。而"一多先生的笔依然很瘦""沈从文还擎着一支叹息的烟斗"等拟人句式的运用，则赋予了诗歌以更加丰富而深刻的内涵。

（四）许幼函《里程碑》

在许幼函《里程碑》这首兼具深刻历史感和时代感的诗中，诗人以"里程碑"为象征，将百年海大的历史与未来巧妙地融合在一起。在诗中，诗人通过对过往历史的回顾和反思，以及对未来可能性的憧憬和期待，表达了对母校历史文化的尊重和传承，以及对未来发展的信心和期待。

同时，诗人还巧妙地运用了比喻、象征和对比等修辞手法：如将"里程碑"比作"巍峨的山峰"，象征"历史的足迹"；如对比"历史的沧桑感"与"人生的宿命感"，以及"往昔的辉煌"与"未来的生机"等，进一步丰富了诗歌的内涵和表现力。

（五）小结

如上简评的这三首诗既有各自独特的个性，又有共同的主题。它们都以百年海大为背景，表达了对母校的热爱和敬仰、对历史的思考和对未来的期待。

在艺术手法上，它们都巧妙地运用了意象、象征、比喻等修辞手法,增强了诗歌的表现力和感染力。

在情感表达上,它们都既深情又热烈,打动了读者的心。

一句话,这三首诗以其独特的艺术魅力和深刻的人文关怀,为我们提供了一次难得的心灵之旅和文化盛宴。

八、陈茝鐾同学诗评

(一)评白杨《时迈·海大赞词》

白杨同学的这首诗歌给我的第一观感就是气势磅礴、意境开阔,有古代诗人的气质在里头,让我不禁感叹她的文采斐然,平时的学习和积累都在这一刻具象化了。对我而言,评价别人的诗歌就是学习他人的长处,看看别人的作品是如何将所学知识凝聚在笔尖,又是如何将才学与对海大的爱融在一起。

1. 结构清晰

诗歌采用了分节和分句的结构,每一个环节都有一个明确的主题和意象:描述海大学府建立,讨论海大师生的学术与品德,描绘校园环境,以及回顾海大历史与展望未来。这种结构使得整首诗歌层次分明,易于理解和记忆。

2. 意象丰富

诗中使用了大量的意象来传达情感和思想,如"巍巍学府,在海之东"展现了学校的宏伟和地理位置的特殊。海大崂山校区邻近崂山风景区,又近于海水浴场,靠山又靠海,山海之情全揽于其胸怀,可谓是人杰地灵、英才辈出之地。"虎帐成均,双艮含泓"通过海洋军事和自然意象来描绘学校的威严和内涵。"芳草茵茵,秀木蓁蓁"则通过草木之茂,来描绘校园的自然之美,营造了和谐美好的氛围。

3. 语言优美

诗歌的语言优美而富有韵律感,运用了丰富的修辞手法,如"期颐倏须,六选赓通"中的对仗和"芳草茵茵,秀木蓁蓁"中的对仗兼叠词,都使得诗歌的语言更加生动和形象。

4. 情感深沉

诗中表达了对学校的热爱、对学术的尊重和对未来的憧憬等深沉的情感。如"学宫初立,以德为功"表达了对学校建立之初所秉持的品德教育的重视,这不禁让人联想到海大的校训"海纳百川,取则行远"。另有一句"但言相勖,愿为长邻",则表达了对同窗之间、师生之间深厚情谊的珍视和对未来的美好愿景。

5. 历史与未来相结合

诗歌不仅回顾了学校的历史和传统,如"吾思往贤,亦咏今风",也聚焦学校的当下和未来发展,如"诗接远方,逸气长虹"套用了于慈江教授一句口号"以诗接驳远方",借指一多诗歌中心的创立与影响。这种历史与未来相结合的写法,令诗歌意蕴深远、有厚重感。望古思今才能学习前辈的精神,感受校史清晰的脉络,更好地面向未来的挑战。而那亘古不变的,则是海大人的毅力与朝气。

总的来说,这首诗通过丰富的意象、优美的语言、深沉的情感和集体创作的形式等艺术特色,展现了对学校的热爱、对学术的尊重和对未来的憧憬。

(二)评江心妍《踏海凌波,寻觅真玉》

这首诗的副标题是"纪念海大校友徐中玉先生",显然是以"怀人忆昔"为题材,同时也是为庆祝海大建校一百周年特撰。

诗歌表达了作者对于家国情怀、青春梦想和人生理想的真挚情感,情感流露自然,能够引起读者共鸣。意象的运用也给诗歌增添了几分唯美,如"芭蕉叶下笔尖摩挲""眼怀星河""红旗飞扬"等,画面感十足。并且,诗歌的结构清晰,不同的场景伴随着有差异的情感,显得既有深度又有广度。总之,这首诗正能量满满,鼓励人们珍惜青春、追求梦想、勇敢前行,具有很强的激励作用。

这首诗在表达情感、描绘场景和传递正能量方面虽有其独特之处，但也存在一些可以改进的地方。譬如，虽然情感真挚，但语言表达不够含蓄，略显平淡，意蕴不够悠长，缺乏深入的思考——像"埋头苦读，只为搭建知识桥梁"这样的表达略显生硬，会让人阅读疲惫。与此同时，虽然诗歌表达了家国情怀和青春梦想等情感，但深入挖掘不够。

再如，该诗末节虽用了"历史长河""宇宙""惊天汪洋"等气势磅礴的意象，但却以"未来，通往何方？此刻，便是未来"收束，本来高昂的情绪瞬间断崖式降了下来，略显仓促，前后缺乏呼应，给人一种未完待续的感觉。

总体来说，这首诗在表达情感和描绘场景方面有其独特之处，但在语言表达、意象运用和意蕴挖掘等方面还有提升空间。

（三）评林宇聪《前世未寄出的信》

林宇聪此诗语言优美、情感真挚、结构紧凑、寓意深远，充满了对爱情深沉而执着的追求与向往。该诗并没有走粗略回顾海大历史、一般性展望未来的老套，而是发挥奇妙的想象力，将自己的命运与海大的命运紧密联系在一起，想象自己与海大的前世今生与感情，传递出一种宿命感，以此献礼百年海大。

这首诗以"前世轮回的邂逅"为介入角度，时空感深邃，情感细腻，为读者展现了一场跨越前世的爱情轮回。

首先，诗歌通过"在好几个前世的轮回里，我们早就见过面"这一设定，将读者带入了一个神秘而富有传奇色彩的世界。这种时空的交错与穿越，不仅增添了诗歌的神秘感，也为接下来的叙述，铺垫了深厚的情感基础。

接着，诗歌通过三个前世的场景描述，展现了主人公与海大之间曲折而深刻的情感历程。在漆黑的夜晚、寂静的黎明和恐怖的台风天中，主人公经历了孤独、挣扎和失踪。每一个场景都充满了对希望的渴望与追求。这些场景的描述既展现了主人公的坚韧与勇敢，也体现了作者和海大在苦难面前的坚韧与不屈。

　　在最后一个场景中，诗歌回到了现实，通过"今天，在一个落樱缤纷的傍晚/我和你靠着樱花树喝酒"这一温馨的画面，展现了主人公与爱人终于相拥在一起的喜悦与幸福——百年的时光与风云都在这一刻化为乌有，只剩下彼此之间的深情与厚爱。这种跨越百年的相遇，不仅是对爱情的肯定，也是对生命的赞美。总的来说，这首《前世未寄出的信》以其深邃的时空感、细腻的情感描绘和优美的语言风格，展现了作者与海大之间的一场跨越前世的爱情轮回。诗中充满了对美好情感的向往与追求，也体现了生命的坚韧与不屈。

（四）评尹文慧《出海》

　　《出海》这首诗通过描绘一幅充满挑战与希望的出海景象，展现了舵手与大海搏斗的勇气和坚韧。诗的语言犀利、哲理深刻，充满了对生命、挑战与成长的思考。

　　首先，该诗以蓝茫茫的雾霭和逆风摇曳的孤帆为开篇，构建了一个充满挑战和不确定性的环境。这种环境象征着生活中的困难和挫折，而孤帆则代表了坚韧不拔、勇往直前。通过细腻的描写，读者可以感受到孤帆在逆境中的挣扎和坚持，以及它对胜利的渴望和信念。

　　其次，诗中多次出现对舵手的描绘，展现了他在面对挑战时的成长和变化。从最初的胆战心惊、固执地证明自己的能力，到后来的沉稳、浪漫和自信从容，舵手经历了从稚嫩到成熟的转变。这种转变不仅体现在他的心态上，也体现在他与大海的相处方式上。他学会了欣赏大海的美丽和力量，与之和谐共处，共同创造美好的旅程。

　　此外，诗中还融入了对地点和时间的描述，如"走过鱼山路5号，走过香港东路23号……"，这些地点不仅代表了舵手曾经走过的路程，也象征着他人生中的不同阶段和经历。这些经历让他更加成熟和自信，也让他更加珍惜和感恩生命中的每一个瞬间。

而这些作为海大各个校区标识的路牌号是独属于海大学子的记忆,满满的画面感。

最后,诗歌以船头高昂、稳健驶向远方的画面结束,寓意着舵手在经历了种种挑战和困难后,终于找到了自己的方向和目标。他将继续勇往直前,追寻自己的梦想和信念。这种积极向上的精神不仅是对舵手的赞美和鼓励,也是对每一个在人生道路上奋斗的人的鼓舞和激励。

总的来说,《出海》这首诗以其生动的语言和深刻的哲理打动了读者的心灵。它告诉我们,在面对生活的挑战和困难时,需要保持坚韧不拔的精神和勇往直前的勇气。只有这样,我们才能在逆境中成长和蜕变,最终找到属于自己的方向和目标。而这,正象征着海大精神。

(五)评郑宇飞《与岸对谈》《这一切,都与他无关》

要表达自己的赞美,很多学生会选择"海""浪"等意象来象征海大,但在《与岸对谈》一诗中,宇飞选择用"岸"来暗指海大。

"岸"可以被视为一种象征,它代表着稳定、坚实和不变的存在,与"海浪"这一不断流动、变化的元素形成对比。通过"岸"与"海浪"的对话,诗人表达了对自然、生命和存在的深刻思考。在这首诗中,虽然"岸"说它"并不富有",但它并不因此而感到匮乏或绝望。相反,它接受了自己的局限,并继续存在,正如它所说的"我并不祈求"。这种态度体现了存在主义"自我接纳"和"自由选择"的理念。尽管这首诗的基调较为深沉,但其中也蕴含着浪漫主义的元素。例如,"我有的仅仅是礁石和船只/礁石伫立,留下地基/船只远去,带走货仓"这一段,通过描绘自然景象,展现了诗人对大自然的热爱和敬畏;而"去听听涛声吧/那是海浪的呼吸,亦是我的答案"这一句,则体现了诗人对自然声音的敏感和欣赏。

从结构上看,这首诗采用了对话的形式,使得整首诗富有动态感和层次感。同时,诗人通过巧妙的比喻和拟人手法,使得

"岸"这一形象更加生动、立体。在韵律方面，这首诗也表现出一定的音乐性。如"在沙砾掩过脚面时/指针悄悄打了个结"一句，不仅读起来朗朗上口，其中的"时针打结"，也是对海大百年校庆这一历史节点的巧妙喻指。

《这一切，都与他无关》是郑宇飞的第二首诗，以四季的变迁为背景，情感深邃，构建了一个既浪漫又沉重的叙事空间，描绘了一个孤独者的内心世界和他与世界的疏离感。

诗人一开篇，用春天作为恋爱的象征，将海水的透明、裙摆的飘逸、情人眼眸的深情，细腻地勾勒出来。然而，这一切的美好都与"他"无关。这种强烈的对比，不仅突出了"他"的孤独感，也暗示了"他"与世界的距离。

接着，诗人以夏天为背景，描述了人们在雨中奔跑、跳跃的生动画面。然而，即使在这样的热情与活力中，"他"依然被排除在外。诗人巧妙地运用了"拒绝悲伤、痛苦和睽睽众目"这一句子，既展现了人们的坚韧与乐观，也反衬出"他"的孤独与无奈。到了秋天，诗人用落叶和思念来描绘这个季节的深沉与凝重。在枯叶旋转中，"他"开始沉思，思考生命的意义和价值所在。然而，这些思考也仅仅是他个人的事情，与外界无关。冬天，是怀念的季节。诗人以茶、书、信为媒介，展现了"他"对往事的回忆和对未来的期许。然而，这些回忆和期许都只能被"他"独自品味，无法与他人分享。

诗歌的后半部分，诗人揭示了"他"的身份——一个测量海岸线的人。这个身份既是他与世界的联系，也是他与世界的隔阂。他沿着海岸线行走，观察着海平面的变化，却无法真正融入这个世界。这种疏离感，使得他无法与任何人分享他的所见所感。

然而，在诗歌的结尾，诗人却给出了一个转折："这一切，本都与他有关"。这个转折不仅是对前面内容的颠覆，也是对"他"命运的重新解读。虽然"他"只是一个测量海岸线的人，但他的生命和经历却与这个世界紧密相连。只是,由于海岸线太长,生命太短,他无法完全理解和融入这个世界。

整首诗以其独特的叙事方式和深刻的情感内涵,展现了一个孤独者的内心世界,以及他与世界的复杂关系。诗人用四季的变迁和"他"的孤独感相互映照,使得诗歌充满了诗意和哲理。同时,诗人也通过对"他"的身份和命运的描述,引发了读者对于生命、孤独和存在的深刻思考。

测量海岸线的那个"他"作为一个独特而又不失典型的人物,代指的其实是从事海洋事业的科研人员和海大学子。而用海大知名的专业来暗指整个海大,具有显著的象征意义,呈现了百年海大的独特精神。

相比较之下,郑宇飞的第二首诗比第一首诗更加简明易懂。作为舍友,我一直喜欢和推崇她的诗。而她温和聪慧的性格以及独特的思考方式,也影响着她诗歌创作的方式与内容。

九、江心妍同学诗评:扬帆述成长,"无关"彰奉献

2024 年 5 月 25 日,一多主题诗会"百年海大,你听我说"在文学与新闻传播学院乐海堂(408)成功举办,多位同学经由自己的诗,饱含热情地向众人讲述他们心目中的海大。本人下面将要品评的,是尹文慧的《出海》与郑宇飞的《这一切,都与他无关》这两首诗。

(一)叙述方式——以海诠释

1. 叙述结构

尹文慧同学的《出海》与郑宇飞同学的《这一切,都与他无关》两首诗以海大和海大学子为主要描述对象,以"海"为独特意象穿插其中,从百年海大与一代"老海大人"的关联出发,述说想让世人听见的专属于海大的声音。海之子与海大的相遇是一种"双向奔赴",也是一种互相成就。

尹文慧同学的《出海》以"舵手"来比喻海大。开头描述了广阔海洋之上的凶险，"怒啸的浪""桅杆吱嘎作响"和"脆弱的木杆"，凸显出了环境的恶劣。然而舵手无畏困境，借着一丝"熹微的晨光"，与惊涛骇浪搏斗，最终看见了新生的光辉。舵手不断耕耘、不断成长，脚步从未停歇，而又"永远稳健，掷地有声"。终于，他再次起航，前行的路或许还会有风雨，但他无所畏惧。

大海并非始终用温柔的态度来细心呵护舵手，它将波浪化为考验。而海大以年轻的身体与不屈的心，勇敢地接受了所有面临的困境。同时，海大从不满足于现有的成就，而是不断扬帆起航，在新时代谱写出不一样的海大篇章。

整首诗大致可分为三个部分——首次出海、埋首耕耘与再次扬帆起航，按照时间的顺序进行描写，宏大与温情交织，彰显出海大独特的生命力与高昂的精神面貌。同时，"光芒"也作为线索串联起了整首诗歌，达到了拨云见日明的艺术描写效果。

郑宇飞同学的《这一切，都与他无关》一诗则以平淡述说真情，以舍弃彰显奉献。春天适合"恋爱"，夏天适合"奔跑"，秋天适合"沉思"，冬天适合"怀念"。在诗歌之中，郑宇飞同学以四季喻指岁月的更替，描绘出了日常生活之中简单、却又充满美丽的事物：观海时情人的"玫瑰色瞳孔"、闪电来临时紧握的双手、秋天的枯叶与麦浪，以及冬天的暖茶与往事。但是在每一段的最后，又掷地有声地说道——但这一切，都与"他"无关，将前文的美好与此处略显悲哀的"无关"进行对比，引起读者的思考。

在最后两段之中，郑宇飞同学点明道，"他"是"测量海岸线的人"，漫长的海岸线在等待着"他"的探索。为了更加远大的事业，他放弃了生活之中的春夏秋冬、风花雪月，将自己的一切献给了这一片海。

这首诗主要采用了分—总结构，即前四段分别以春夏秋冬四个季节作为切入点进行铺垫，最后两段进行"解谜"与升华主旨，表明了"他"的身份,凸显出老一辈海大人无私奉献的精神,表达了对于开疆拓土的海大前辈的无限敬意。

2. 叙述语言与细节

诗歌的意象是诗人通过语言建构起来的,而贴近读者日常生活的意象则更能够触动人们的内心。在尹文慧同学的《出海》与郑宇飞同学的《这一切,都与他无关》两首诗中,便有这样的体现——细节皆呼应着日常生活,让读者在享受诗歌的同时,拥有挖掘"宝藏"的快乐。

如在尹文慧同学的《出海》之中,就有着许多专属于海大学子的"密码",如"鱼山路5号""香港东路23号""松岭路238号"以及"三沙路1299号",就分别代表了海大鱼山、浮山、崂山与西海岸校区。这样的暗喻既不会使得言语过于直白而失去韵味,又会让熟悉海大的人心领神会,能够真切地感受到蕴含在诗句之间的对海大浓厚的爱与归属感。"读月揽风"则暗指海大人皆十分熟悉的歌曲《海大颂》("八关山读月,五子顶揽风")。这种对现实的呼应更加有利于情感的抒发,也使得描写不会过于生硬直接。

在创作中,常常会有人将海洋作为中国海洋大学的意象,这是非常自然而又常见的比喻。然而,尹文慧同学却出其不意地将海大比作"舵手",十分具有新意。大海汹涌澎湃固然值得尊敬,但是敢于以凡人之躯挑战大海的舵手更加勇敢。尹文慧同学正是通过这样的方式,描写出了海大的意气风发。

郑宇飞同学的《这一切,都与他无关》则以"他"一人的形象,代指所有值得我们敬佩的老一辈海大人,自小见大,从浅入深。在最后两段之中,郑宇飞同学点明了这个"他","是测量海岸线的人"。"海岸线"在此代指老一辈海大人所在的各个学业领域,春夏秋冬的美好瞬间他们无法去体会,因为有更重要的事情等着他们去做。"沿着弯曲或是笔直行进/注视海平面上升或是下降/守望新淤陆地或是海水入侵/放声追问或是等候回音",这一连串的选择没有回答，所代指的是岁月的变化与海大的人来人往。不管是怎样的情况，老一辈海大人都坚守着自己的理想与对海大的热爱，坚定不移地工作着。

同时，两位同学的语言也有着各自的特征。尹文慧同学的《出海》既有着恢宏的场景描写，也有着自信昂扬的从容表述。在描写航海的困难时，尹文慧同学从细节出发，船帆"孤零零的"，不断摇曳，"逆风支起"；桅杆"吱嘎作响"，不断颤动着"发出阵阵呻吟"。但是在这样的情况之下，舵手虽然胆战心惊，却也坚信自己可以"破浪远行"。

而郑宇飞同学的《这一切，都与他无关》则是于温柔细腻中，彰显伟大情怀。春夏秋冬的细腻瞬间"都与他无关"——在失去这些本应该有关的瞬间背后，是老一辈海大人自愿为学校与国家奉献自己的宝贵精神。

(二)叙述手法与情感——以诗抒感

1. 手法节奏

节奏是诗歌的生命。世界上的一切事物都有着内在的节奏规律。诗的节奏反映的，也正是人们的生活节奏、自然的节奏："诗歌的节奏是诗歌文本在内容与形式两方面形成的规律性的变化，它是诗歌的文体特征，也是隐形的诗歌要求。"

尹文慧同学的《出海》与郑宇飞同学的《这一切，都与他无关》两首诗都有着较为明显的节奏与段落划分。尹文慧同学的作品多为长句，且不会有过多的中间截断处理，使得诗歌十分流畅自然。如："年轻的舵手胆战心惊，趁着熹微的晨光，/用力辨认风标的方向，固执地证明着/即便如此，脚下的船也能破浪远行。"

而在后半段时，尹文慧同学则改变了诗歌的节奏与排版，不局限于一种形式，显得十分生动。例如："蓝茫茫的雾霭中，巨大的帆/精心地系在桅杆上，期待着与海风/拥抱；螺旋的绳索好似琴弦，蓄势/待发，期待着与海浪合奏。"

同时,尹文慧同学的诗歌分为了三个阶段,按照时间顺序自首次出海—陆地沉淀—扬帆起航的顺序进行描绘,结构十分严谨完整,内容流畅自然。

郑宇飞同学的诗歌则往往将重要的动词与名词从段末截断,转为下一行的开头。在避免了死板感的同时,也起到了强调的作用。如:"夏天适合奔跑,闪电/紧闭眼睛时,我们就拉紧/手,突破大雨的埋伏或封锁/霹雳跳跃时,我们也跳跃。"

每一个段落自成一部分,在描写季节中的小细节后,最后一句则以"但这一切,都与他无关"收束,结构十分严谨。对四季事物的描述看起来与海大无关,但却是"形散神不散"。在最后两段才阐明主题,看起来有点头重脚轻,但却与前文的内容形成了鲜明的对比,情感表达得更加强烈。经过前四段的铺垫,尾段对于老一辈海大人身影的表述显得更加真挚动人。

2. 情感

诗人余秀华曾在《摇摇晃晃的人间》中说道:"而诗歌是什么呢？我不知道,也说不出来。不过是情绪在跳跃,或沉潜;不过是当心灵发出呼唤的时候,它以赤子的姿势到来。"在诗歌的创作之中,最为重要的就是情感的宣泄。情感是诗歌的魂脉,也是最打动人心的地方。

世人都在夸海大辉煌,而尹文慧同学回忆了初生海大的稚嫩与倔强;世人都在歌颂伟人所获奖项的丰硕,郑宇飞同学却关注着老一辈海大人所错过的四季。无所谓成就与头衔,仅仅是最朴素也最真挚的感情。这也是最为动人的情感。直接对海大歌功颂德或许会有些稍显虚假,而偏偏是这样的细节描写最为动人。这就是语言的魅力。

(三)小结

翟永明在《母亲》一诗中写道:"有了孤儿,使一切祝福暴露无遗,然而谁最清楚/凡在母亲手上站过的人,终会因诞生而死去。"

诞生是死亡的宣告，而相遇也是离别的序言。我们飘向北方，在海大有了四年美好时光。路虽长，却终有一别。离别并不可惜，只要我们将这四年的回忆珍藏在心，再次扬帆起航，就是对这段美好大学时光的重视与在意。

尹文慧和郑宇飞两位同学的诗都用自己的方式，回顾了百年海大的辉煌历史，表达出了对于海大与海大人的赞美。

十、刘月倩同学诗评
——"百年海大，你听我说"一多原创诗会

（一）引言

在一多诗歌中心"百年海大，你听我说"这场诗歌盛会（2024.5.25）上，海大师生将自己的深情厚谊，凝结成一行行璀璨的诗句，宛若星辰点缀夜空，照亮了海大的百年征程，为母校的百岁华诞献上了最真挚的祝福。

身为"海之子"，我有幸近距离品味这些作品，特别是林宇聪同学《前世未寄出的信》、张莘翊同学《最接近神的时光》和郭子悦老师《我与海洋的约定》三首原创诗。它们仿佛时光的编织者，巧妙地将"海之子"与母校海大的往昔、今朝与未来紧密相连，织就一幅跨越时空的情感画卷。

（二）以语言、意象、结构为品评基点

1. 诗是语言的艺术

诗的本质是语言的思考。若创作者一味地索求形式和修辞的华美，则不可达其意、成其情。往往最简洁自然的语言最能表达深刻的思考和情感，如"一声不吭地扎进了黑暗""漫长的黑暗化为短短的影子"（林宇聪《前世未寄出的信》）等。作者在有限的篇幅内，以简洁的语言，有力地传达了作者深邃的内心世界。

又如"我的人生再无这样的日子""我幸福得就像一个孩子"

"我就会梦见,我是小孩儿"(张莘翊《最接近神的时光》)等等诗句毫不拖沓,简洁明快地表达了作者对海大生活的热爱和对生命的思考。

再如,《我与海洋的约定》这首诗能在有限的篇幅内,将自己与海洋(海大)的约定精炼浓缩在语言中,能够使读者深入地感受到作者与海洋(海大)之间的深情厚谊。

诗歌的语言具有跳跃性,文字是诗歌情感最外在的表现形式。为了强调描写对象,作者在词语搭配上会有意打破常规的语言习惯。如"那无边的夜也只是微微荡起涟漪"(林宇聪《前世未寄出的信》)一句中的"涟漪",作为"荡起"的宾语,和主语"夜晚"的搭配显然不符合我们日常的习惯。此处的搭配是为了突出夜晚的深邃和宁静。

又如,在"童年一样的地方呀/我邀请你,常来我的梦乡"(张莘翊《最接近神的时光》)这样的表述中,"童年"作为人生的一段时光,在这里竟然被作者描述成一个"地方"。再者,"我"邀请的对象是"地方",也是非常规词语的搭配,突显出作者渴望童年的回归。这种带有常规冲突搭配的语言,刺激了读者的视觉审美,带给读者一种奇妙的体验。

语言是作者诗想的凝缩和精华。通过文字,我们能够看到作者思考的语言本质。在林宇聪《前世未寄出的信》中,有"我抱着一本红白封皮的杂志/一声不吭地扎进了黑暗""我扛着一面鲜红的旗帜/枪炮声和火光穿过我的身体""我登上一艘巨船/同汹涌的浪涛搏斗"这样的表达。通过"红白封皮的杂志""枪炮声""火光""巨船"等意象,结合此次诗歌原创的主题,我们可以探究出,作者在构思时,将自己的前世幻想成反抗封建统治的进步青年学生、在战场上搏斗的烈士、乘科考船远赴深海的学者。而这种前世今生轮回的幻想中和海大的羁绊,表达了对海大深深的眷恋之情。

又如,在张莘翊《最接近神的时光》一诗中,我们能直观感受到,作者将自己幻想成了在海大校园中玩耍的孩子,将海大的时光比作自由自在的童年时光一般。同时,在"我又要当/一匹撒疆的野马/自由自在驰骋在草原上""我就会梦见,我是小孩儿,/赤着双脚,奔跑在天地间"等天真无邪的语言中,又表现出作者对生命和人生的思考。

2. 诗是意象的表达

意象是作者内心的图像,用来寄托情思的载体。经过语言的思考,通过各种艺术手法的加工处理,最终以文字形态为外在表现。[①] 进一步来看,意象又可以分为"意"和"象"。"意"通俗地来讲,就是人的内在意念或是在情感触发的当下,通过经验意识将其在脑海里转化为能够表达意念的图像。

"诗歌具有美的意象,才能让读者在阅读过程中感受到美"[②]。在张莘翊《最接近神的时光》一诗中,我们可以发现,作者巧妙地运用了多个自然元素,来构建诗歌的意境,从而给人一种自然舒适的审美感受。如以"天空""草地"为意象,以"湛蓝的苍穹"和"碧绿的青草"为画布,勾勒出一幅宽广而清新的自然景象。这些意象不仅给读者带来了视觉上的享受,也营造了一种宁静、和谐的氛围。

又如以"水"为意象,以"小溪清澈"作为另一个重要意象,为诗歌增添了灵动和生机。水象征着生命、流动和变化,与天空的广阔、草地的生机相互映衬,共同构成了诗歌的核心意象。

再如以"植物"为比喻意象,作者将自己沐浴在阳光下,所获得的纯粹的快乐比喻成"一棵植物"(张莘翊《最接近神的时光》),强调了生命的循环和自然界的平衡。这种比喻既表达了对生命

---

① 丁威仁. 语言、意象与结构——论新诗批评的三项基本法则[J]. 海南师范大学学报(社会科学版),2008,21(06):53.
② 安璐瑶. 接受美学视角下现代诗的文学鉴赏——以《你是人间的四月天》为例[J]. 名作欣赏,2024(12):157.

自由生长的向往和尊重,也体现了作者对自己在海大校园中富有生命力和成长性的肯定。

意象表达的好坏,直接影响诗歌情感和主旨的表达。王梦鸥在他的《文学概论》中,曾提出三种表达意象的方法:意象的直接表达、意象的间接表达、继起意象的表达。[1] 其中,继起意象的表达也就是"意象的象征。这种继起意象的表达其创意与想象空间更超越于意象的间接表达。"

举例来看,张莘翊《最接近神的时光》中"湛蓝的苍穹""碧绿的青草""小溪清澈",林宇聪《前世未寄出的信》中"鲜红的旗帜""火热的太阳"等等,都是在语言习惯中意象的直述。而在张莘翊《最接近神的时光》中,出现了"海大的天空,是婴儿的眼睛"这样的比喻。比起直接叙述海大天空的净澈,婴儿的眼睛这种间接的意象表达理解起来更加具象化。

再如,在郭子悦《我和海洋的约定》中,诗人将自己和海洋的约定比喻成"整夜不熄的台灯""镌刻姓名的红纸""挥别家乡的车站"等一系列意象。这便属于间接的意象表达。这样的譬喻更能令人领会到作者成长过程中和海洋结下的情缘。

意象的象征是最能考验诗人内在思维的灵活性的。在林宇聪《前世未寄出的信》中,作者将自己的前世幻想成一个反抗封建统治的学生、在战场上战斗的烈士、远赴深海科考的学者——"我抱着一本红白封皮的杂志""我扛着一面鲜红的旗帜""我登上一艘巨船"。之中并没有出现跟学生、战士、学者相关的直述或者譬喻,展现出作者对海大历史思考得深入,对意象提炼和处理得精确。

意象的象征也是语言文字符号的运用,是作者情绪和情感触发当下的再创造。如果诗人处理意象的能力深厚,则会产生多元

[1]　王梦鸥. 文学概论[M]. 台北:艺文印书馆,1982.

化的可能，即"诗人将内在意念或称作主观情思浓缩在意象中，这种浓缩是意义性的浓缩，不是字义的浓缩。一首好诗的意象会呈现出意象之象征意涵，可以拥有许多的'意思'，一首好诗必须呈现意象本身的多元象征。也正因如此，新诗应该摆脱'单义性'而通向'歧义性'，如此的处理才能提升一首诗的传达功能"①。

3. 诗是跳跃的结构

相较于散文，诗具有非线性思维即跳跃性的思维特征。具体而言，诗歌并非像散文那般，以句子为单位，而是以行为单位，且分行也并非以意思为主，而主要是根据节奏。只有按照跳跃的诗性观念来创作诗歌，才能创造出真正的诗。

从这一点出发，我们可以通过诗作的形式和结构是不是线性的散文观念的书写，来检验其在创作时，诗性思考存在与否。

举例来说，如在林宇聪《前世未寄出的信》一诗中，作者将其作品分为三个主要部分，每个部分都围绕着"我"与"你"在前世轮回中的三次相遇展开，很明显是一种线性叙述的结构。

再如在郭子悦《我和海洋的约定》中，作者根据年龄的变化（十七岁、十八岁、二十一岁、三十一岁），来展现自己与海洋之间的情感，是一种按照时间推移的顺序，也属于一种线性结构。如若我们将其分化删去，适当地加上一些连接性的词，就很容易被改编成散文。这俨然是一种比较缺乏诗性思考的结构。

反之，我们看张莘翊《最接近神的时光》的结构，则是自由而灵活的，没有明显的固定格式或韵律。它更像是作者内心情感的自由流淌，通过生动的描绘和深刻的感悟，成功地传达出自己的情感和思想。

---

① 丁威仁. 语言、意象与结构——论新诗批评的三项基本法则[J]. 海南师范大学学报（社会科学版），2008，21（06）：54.

目 录
CONTENTS

学子篇

教师篇

礼赞百年海大

于慈江（文学与新闻传播学院教授）

（一）

无数海之子曾深情地回首前尘：一百年前鱼山的 1924 是您
一百年后大珠山的 2024 还是您；您总是一步一个脚印

用一朵云推动另一朵云，用一叠浪推动另一叠浪
用一个灵魂推动另一个灵魂，走过整整一个世纪的绵密年轮

管子曰：终身之计，莫如树人；一树百获，惟人可信
海大说：海纳百川，大爱立身；百年树人，历久弥新

一百年不忘初心，教书育人；一百年学术创新，向海图存
一百年沉稳坚韧，勠力同心；一百年心系国运、探赜求真

（二）

这是破浪行远的一艘航船：百年横穿，历程久远，薪火承传
这是深邃辽远的一片湛蓝：药库为蓝，粮仓为蓝，智库为蓝

这是教授高深学术的讲坛：文有闻一多、梁实秋等酒中八仙
理有文圣常、童第周等业内巨擘，引领学术风气与新变

这是养成硕学宏材的摇篮：海洋高教接驳海洋事业骨干
其他文理学科门类齐全，是培育国家栋梁的重要基地与前沿

这是每一位海大人的家园：响应国家需要，学脉积淀百年
百年学养绵延，百年叶茂枝繁——请接受我们的美好礼赞

我的大学,我的校园,我的航船

——致敬百年海大之一

于慈江

我的大学面朝碧波荡漾的浩瀚大海
我的大学随起伏有致的山峦一起蜿蜒
我的大学横卧得天独厚的青翠岛城
我的大学掩映在奇崛的三山与碧海之间
我的大学有流水般活泼泼来去的青葱学子
我的大学有红瓦、碧树和气象万千的校园

我的大学是暗夜里的光亮和深山里的灯盏
我的大学是大海中的航标灯与破浪航行的巨船
我的大学是学科齐全的一流研究型学术重镇
我的大学是问学深造的神圣殿堂与众多学科之冠
我的大学拥有专属船队,是海洋强国研究的国家队
我的大学研究高深学问、培养硕学宏材,立意高远

我的校园一天星辰与万顶树冠遥遥相接
我的校园无垠蓝天与浩渺碧海脉脉相恋
我的校园从来就有吐故纳新的纵深与容量
我的校园一向信奉海纳百川、取则行远
我的校园有绿苗、有幼树,更有辛勤劳作的园丁
我的校园有大家、有硕儒,更有大师为世师范

我的校园有映月湖的静水流深和小河的潺湲

我的校园有樱花大道和梧桐大道，落英缤纷、浓荫片片
我的校园有闻名岛内外的鱼山、浮山与崂山，美如花园
我的校园有五子顶和八关山，登高可览胜、可望远
我的校园百年树人、枝繁叶茂，累累桃李遍尘寰
我的校园十年树木、美不胜收，成就齐鲁最美大学学苑

我在我的大学里终身学习、披星戴月
我在我的大学里教书育人、四季流连
我在我的大学里默默耕耘、课下课间
我在我的大学里不避寒暑、读书科研
我在我的大学里一季季勤勤恳恳地耕耘播种
我在我的大学里一茬茬把丰收的喜悦体验

我在我的校园里领略永不消逝的青春气息
我在我的校园里感受勃勃朝气与生机盎然
我在我的校园里沐浴和暖的春风与怡人的温煦
我在我的校园里承接雨露的丰沛与阳光的灿烂
我在我的校园里瞩望诗歌、花朵与远方的美好
我在我的校园里呵护梦境、芳华与理想的鲜妍

我们作为大鱼以生为本，在无垠的书海里奋力前瞻
我们作为小鱼尊师重道，在知识的汪洋里紧跟向前
我们作为师长与自己的学生一起前行，无论是否并肩
我们作为人类文明的守护者，努力把文化的积淀承传
我们家园般的海大像大海一样浪漫、自由、包罗万象
我们在海大呈现的大海里乘风破浪，把梦想一一实现

我的青岛，我的母校，我的骄傲

——致敬百年海大之二

于慈江

（一）

青岛之岛不是瑰丽的琴岛和黄岛
不是玲珑的燕儿岛和小麦岛
不是多姿的田横岛和灵山岛
不是奇崛的赭岛和竹岔岛
青岛之岛是这所有岛屿的集合与聚焦

青岛之岛是我的还乡还愿之岛
是东阿路的阒静幽深和祖父一生的魂牵梦绕
是父亲儿时捡拾螃蟹和海蛎子的沙滩
是我梦中如幻如旗、永远伸延着的栈桥

青岛之岛是我的栖居立身之岛
是我的故乡和再次起航的跑道与岛礁
是我安顿身心的簇新与温馨之家
更是引领我前行的帆和拴住心的锚

青岛之岛是我的舒心圆梦之岛
是葱郁起伏的大珠山和鱼山、浮山和崂山
是山海掩映中的四座海大园与温馨母校
是炒蛤蜊和袋装啤酒，是红瓦碧树和海天缥缈

青岛之岛是我的泊岸停靠之岛

我的岸若不漂移，我敏感多歧的心便不再飘摇

她既以她的伟岸、葱茏和温煦迎受我

我便甘心一直安卧在她宁恬的怀抱

青岛之岛是我的修心怡养之岛

每天沐风踏雾而行，就是体味温抚与清新

也因此明白了为什么海大园老有蘑菇悄然丛生

为什么墙角总有一丝丝的凉意浸人润心

（二）

在青岛，你可以满足依山傍水隐居的想望

可以沿着上坡或下坡的小路

用目光攀缘而上，追逐各种藤蔓

与幽深的院墙或丛生的往事一见如故

在青岛，你老能看到雨打一墙的凌霄花花瓣

一地缤纷的橘黄与柔软让人不忍落脚践踏

而你也明白，樱花的丛簇纷繁固然让人喜欢

桃李花的烂漫和果实更令人流连忘返

在青岛，满眼的果树总是容易让你满口生津

而墙角的石榴偏偏令人无法深入一个核心

刚好邻家的女孩儿从树旁轻盈飘过

一任喜鹊啁啾、蝴蝶翩跹、蜜蜂勤恳

在青岛，每个溽暑都紧跟着干爽宜人的秋天

每个晴夜的白云都通常会变成一清早的瓦蓝

每一枚缀在枝头的绿莹莹的无花果
都在迷蒙的梦中想象自己如何艳若牡丹

在青岛,大海能让你享受鱼蟹或虾虎的鲜活
也能让你抱着双膝想象出海,一晚上面朝渔火
感受月光或唇吻如何温柔地爬满光洁的额头
感受山海和天地的无限悠远、静谧与寥廓

<h2 style="text-align:center">(三)</h2>

在青岛体会大海的浩瀚与蔚蓝
你并不容易确定你额际横流的汗水同眼前
荡漾的海水哪个更腥、哪个更咸
你只知道面朝大海,能让你心胸开阔舒展

在青岛体会南方的细腻与温润
身前身后所有的青绿都浸满了水分
沿着额头、树干或树冠漫延
而青霉也到处弥漫,让你不免又爱又嫌

在青岛体会山水的葱茏与诗意
每一处绿斑盎然的墙根儿似乎都在出汗
湿漉漉的是你午夜梦中辗转反侧的内心
更是漫天的雨、雾和四处蜿蜒的路面

在青岛体会岛城的青翠与悠闲
每天在高低起伏的葱郁间慢跑、漫步或远足
眼前出没不定的路若不是向上,就是向下
人生的路原本有时向上向下,有时向后向前

在青岛体会大学校园的静谧与安恬
一墙又一墙的爬山虎像女孩子纤美的脖颈儿上
挂着的项链，不论是林荫道上一身休闲
还是教室授课正装俨然，都是生活的天然裁剪

在青岛体会大学校园的静谧与安恬
不论是置身于教室，还是漫步花木扶疏的庭院
都既是再普通不过的日常生活和琐细
更满是忘我问学和深造的一份神圣与庄严

九月的风：向海大与海大大先生致敬

——写在第 39 个教师节

于慈江

蓝莹莹的天上白云悠悠飘动
飐飐的九月风轻轻吹送
又一个新学年迎来无数学子
一年一度的海大园向师长致敬

暑气消歇的大海休渔期解封
黄澄澄的金秋五谷丰登
山海间的青翠岛城渐渐干爽
美丽的母校欣逢九十九载校庆

背依鱼山浮山崂山大珠山峰
四大校区打造临海阵容
蓝梦在怀的海大人队列俨然
紧随气派英挺的旗舰队东方红

海大大先生教坛数十载躬耕
以实现海洋强国梦为荣
值此第三十九个教师节之际
济济一堂地重温精神引领使命

七律：适逢五月艳阳天

于慈江

适逢五月艳阳天，一众同窗诵美篇。
敢以立言为盛事，肯将啸聚付残年。
身呈摆柳姿舒俏，口引悬河舌吐妍。
我劝诸君宜尽兴，相期异日渺如烟。

七律：倏然半百悲流水

于慈江

倏然半百悲流水，绿减黄添奈若何。
寂寂无声身孑孑，萧萧有影树娑娑。
骥骐伏枥频昂首，耆艾依篱每咏歌。
失意人生须洒脱，莫由岁月自蹉跎。

七律：丑去寅来迎虎年

于慈江

丑去寅来迎虎年，丛生感慨泪潸然。
栈桥满眼鸥凫水，麦岛盈眸雾漫天。
思母此心难反哺，忆亲彼岸易迟眠。
微躯蹀躞无归处，诗教萦怀路在前。

从岛城到山城

于慈江

有人说，夏天早已盛极一时
于是，我从岛城蔚蓝的海上
浮起，越过浮山和崂山，越过
万水千山，向着大西南一座
不起眼的山城搁浅或休闲
缘分或圆满作为境界原本就是
沿着边缘或切线，向外无限伸展

岛城有岛有海有细软的沙滩
有丰富多彩的海鲜和原野蘑菇
山城有山有湖有澄碧的清潭
有千奇百妙的野草莓和胖牛肝

牛肝菌是野生菇，既非动物
也非植物。她是精灵，特立独行
采菌子就像漫山遍野寻找一味
神奇的灵药，会产生多巴胺
或幸福感。在树上或树下忘我
采摘，就好比沿着水边礁岩
可着劲铲取藤壶、海虹或海蛎子

都说靠海吃海，靠山吃山
或是面朝牡蛎，或是面朝牡丹

冬天如期而至

于慈江

虽然一向并不那么受欢迎
冬天却总是像这样如期而至
正像黎明之于静寂的深夜
正像黄昏之于微凉的黎明
正像北风总会凛冽地吹来
正像你我终将老去一样宿命

我知道你从来不盼望寒冬
你只想看漫天遍野飘满雪花
看一世界的银装与素裹
看沉思默想的雪松冻僵了
也还保持着绿漆漆的身影
而你眼中最美好的风景
就是房檐冻成的一溜儿冰凌

这个冬天若是瑟缩的白兔
下面的春天便是莫测的陷阱
你会情不自禁向夏天越位
你会满脑子花果与绿荫
你会迫不及待向秋天憧憬

你会把手放在心窝呼吁
把无边的旷野留给树木吧
把大地留给蜿蜒曲折的河流
把无垠的远方留给候鸟吧
把天空留给孤独翱翔的鹰

像喜鹊那样蛰伏

于慈江

在每一个日子里悄悄活着
像窗外的喜鹊昼夜趴伏
在并不太高远的树窠
只是偶尔才下来游走或觅食
只是偶尔才打量一下其他族类

在每一个日子里慢慢活着
像窗外的喜鹊，不论是把老巢
搬到同一棵树的不同枝杈
还是另一棵树梢、两米之遥
都会口衔窝边一根枯枝或细草
不厌其烦地一次次往复挪动
直到整个迁移在寂静里完工

在每一个日子里默默活着
像窗外的喜鹊那样逆着常识
只在绝对必要时，才叫上一叫
把司晨的任务留给星星或公鸡
把闹春的机会留给麻雀或野猫
把自欺欺人的感觉留给鸵鸟

这个春天和我

于慈江

这个春天惊鸿般掠过
藏锋敛刃、瑟缩无措的我
像一簇向往夏天的飞蓬
像一阵无所依傍的风
像一个下意识的事故或倒错
像一个冰冷的命运或传说

这个春天雪下得有点儿多
这个春天风刮得有些大
这个春天大街上显得空旷
这个春天花儿照样到处开放
不管有没有人留意或在场

这个春天带着恶意撩拨我
让怔忪不宁的我裹足不前
像一只前途未卜的候鸟
搁浅在形单影只的半道
像一个身无分文的浪子
半夜独守阒无一人的车站

这个春天带着嘲笑监护我
我只好隔着窗户或栅栏
怀着无边的忐忑和寂寥
看着玉兰顾自烂漫
看着蓝天依旧蔚蓝
坐等一个渺不可知的明天

这一年

于慈江

这一年始于冻寒突袭，
目睹大地被银白色的翩跹
覆盖，却依然惦念夏天
和远山。这一年心中有虎，
踏雪含威，施施然而来。

这一年将不避寒暑，继续
在岛城起伏的街衢里，
以慢跑的姿态攀上爬下。
这一年右脚跟儿应还会隐痛，
讲台上却不稍露一丝疲态。

这一年总会忆起老母亲，
把如花笑容永远定格在五月。
这一年的此刻日正当午，
学生们适时蜂拥而至，
挤满眼前的沟壑与地平线。

裙摆是风在翻跹

于慈江

但愿这个虎年有空在海边
冬眠或慵懒。除了穿越地球
延伸地平线，船也能成为
摇篮，还可供你漫不经心
点数岸边。疼痛其实是身体
在呻吟，是默默求助的声音
提示你应放慢节奏，适度休眠

一个人的成长就像树疯长
无关年龄，亦往往悄无声息
与惊艳或潋滟更每每无缘
且不管大寒意味着大雪、罡风
还是火山，那斜出的裙摆
是风在撩拨，是路边的花枝
招展，也是无边的优雅在翻跹

木海棠秋开

于慈江

春夏之交是乍暖还寒
冷热拉锯，时空
裂开一道调温缝隙

秋冬之交是乍寒还暖
热冷拉锯，时空也
裂开一道调温缝隙

在飘忽不定的缓冲中
两个缝隙经由温度
和气息重叠，让一树
海棠恍惚，秋天当春天

妻子发呆，女儿不来
海棠发呆，秋末花开
这说明人活得复杂
容易钻牛角尖
植物活得简单
给点儿阳光就顾自灿烂

阳　台

于慈江

尽管乍看上去，阳台
长得大同小异
而是否用大玻璃
封上，也总是
有一点儿身不由己

却自有其挺拔的姿态
或属性。哪怕不免
有些三心二意
也能思接天外，心系
屋里：有时扮花房
或小院，有时充绿地

执　念

于慈江

每个人心中都至少有一道执念
像一条旧河套，固执地在天边迂曲
而你或紫或蓝，或曲折或蜿蜒
更像一条清溪，在我眼前挥之不去

你是我儿时许下的一个愿，封印在
我心中或嘴里，一直未被开启
或含化。你是我心窝里永远的蓝蓝

我的辛丑牛年春节

于慈江

如果说我把自己的元旦泰半
过在了去年，那么春节
就又被我无可奈何地劈成
两半，一半在胶州湾
大海边，一半在大燕山
山脚下，心也便悬在了两边

一边是父亲，顺水渐行渐远
还有如花女儿，吐气如兰
一边是母亲和散乱的几处
牵绊，撕扯不断。操心
是一种持续性的自我折磨
是一种命定，更是一种直观

和进行时，无法规劝和避免
除了梗着脖子受之坦然
除了无人处若有所思流连
避静无需中夜瞑目面壁
楼下无人处随意地绕着圈儿
慢跑，任哈气顺着腮边四散

遥不可及的还愿

于慈江

街上看一位好看的女孩出神
就像路边偶遇一朵花香气馥郁

在教室里假想以诗接驳远方
就像跨桥踏向久违的故里

牵挂是杨柳枝或心旌摇曳
空气中总弥漫青苹果的气息

老想拥有一座青红砖砌小楼
有篱笆墙围护，背山面河面溪

老想再坐上旧日的绿皮火车
陪女儿在硬卧车厢里聊天嬉戏

窗外的黑夜将月亮咬下半拉
像一道浅浅的小疤，透着凉意

也像一小弯来自闺女的飞吻
在黑黢黢的中天如花似玉

不全是家长里短

于慈江

如果蜜蜂或蝴蝶扑花不光是采蜜
或劳作，更是陪伴或游戏
那么钓鱼便是比赛耐心或休憩

樱花的确花团锦簇，满世界弥漫
可还是觉得白海棠清贵高雅
能与一树绿叶相衬，彼此成全

孤独的街灯不只是为照亮而耀眼
个体成长也不总像大树一样伟岸
青松一样笔直，梧桐一样舒展

只要是兄弟一场，便必定有牵绊
哪像说来轻巧，想了断就了断
或牵挂或烦恼，总印在眉头心间

既然一路拔节生长得有些打眼
便避免不了被人前人后指指点点
一如关爱并不总出于好心，忌妒
或羡慕也不总像乍看那样讨嫌

月满中秋

于慈江

玫瑰傍着路沿红得发紫
月晕顺着中天黄得发颤
提醒我,这一整年
此刻的月亮最为生动浑圆

从月牙到月满
就好比一个人默默爬坡
沿着一定的路线
一气登上山巅,众山任览

从月圆到月半
就好比一个人兴头已过
揣着一路的观感
走下陡峭山坡,意兴索然

一轮满月就这般东升西渐
是一只不起眼的白瓶子顺水
漂远,把满溢的我一点一点
放空,只留下晶亮满眼

星空与远方

于慈江

星空既在天上
也在心间

前途既在天边
也在眼前

远方既是大海
也是草原

虎年耽想

于慧江

试着暂时告别老醋
和酸香，换尝半个柠檬
或几片青皮木瓜

试着暂时告别讲台
和繁忙，不时漫步海滩
任腿脚流连闲暇

试着暂时告别诗歌
和吟赏，阳台上发个呆
让眼睛瞄瞄晚霞

试着暂时告别远方
和瞩望，去墙根下转悠
看蚂蚁来去搬家

试着暂时享受松适
和安详，把自己假想成
壁虎爬山虎倒挂

又或者像一只虾虎
一出水，不经意就搁浅
在青岛栈桥桥下

这个冬天

于慈江

是呀，这个冬天
冷过平常，你的小手冰凉
一边忙家务，一边劝我
别忘多加衣裳

是呀，这个冬天
空气紧张，你的眼神忧伤
一边缝旗袍，一边看我
默默推敲诗行

是呀，这个冬天
病毒猖狂，你的心情惆怅
一边织手套，一边盼我
在乎身体状况

是呀，这个冬天
阴郁异样，你的背影凄惶
一边做手工，一边和我
一起心系远方

跨年有感

于慈江

不论是淘气骑墙还是跨年
也不论是小寒还是大寒
既非满世界找不着北
也非掂掂掇掇、首鼠两端
做一只小小的麻雀足矣
穿梭于树丛与屋檐
不想与云上的天鹅比高
也不羡慕南飞的大雁

倚着冬夜里冰凉的暖气片
设想一夏天的热浪
或是面对料峭的春寒
设想鹅毛大雪漫天
或是在繁忙的无趣里
设想说走就走、出趟远门
去西南的大山小事流连

又或者设想,在秋末冬初
或是寒冬腊月如愿收到
一件手工的毛背心、小帽
或一双厚厚的毛线手套
感受一份人间幸福和温暖

当 2020 年偷偷溜走

于慈江

当这不平常的一年经元旦
溜走，冬天便被撕裂成
异常寒冷的两半，一半
在年这边，一半在年那边
你拉大锯，我扯大锯
姥姥家门口在唱着大戏

而春天正躲在街的拐角磨刀
霍霍，病毒继续沿着冷链
或机舱肆虐，那惶惶不可
终日的，是瑟缩的猫狗
也是一脸忧惧的脆弱人心
哪怕厚厚地隔着毛皮或肚皮

戴着口罩不忘为野猫的归宿
掐架，那闪闪烁烁的既是
家长里短，也是迷蒙的天光
一切似乎都在向着反面
错位，无论是炫目的夕阳
还是小朋友眼里的一丝苍凉

2021 年元旦

于慈江

避着病毒出镜
在岁月的缝隙里游荡
迎着寒冷上台
在年的两端匆匆赶场
既是坚执的站岗
更是无悔守望

这是 2020 年的终结
这是 2021 年的上场
这是艰难的重启
这也是苦涩的回望
这是再生的振作
这更是希望的辉光

第一场秋风

于慈江

这一场秋风从天际
吹来，像神奇的画笔
也像巨大的笤帚
把街树涂得五颜六色
把一地枝叶狂扫

这一场秋风在岛上
吹送，是狂悖的海风
也是呼啸的山风
既突如其来
也狂飙般狂暴

这一场秋风像一把
朴刀，如砍似削
一路势如破竹般狂敛
是采花大盗
也是摘果之枭

这一场秋风在岁末
漫跑，山呼海应
窗声呜咽
是秋的如期抵达
也是冬的预告

期待夏天

于慈江

期待夏天
期待夏天高远的星空
坐在场院的草垛上抬头仰望
有一搭没一搭地点数星星

期待夏天
期待夏天四野的蝉鸣
走在蒿草丛生的湖畔或河边
任心中的骚动被缓缓抚平

期待夏天
期待夏天干爽的热风
在对蚊子的追逐中穿越时空
躺在汗水四溢的梦中放纵

山中采菌子

于慈江

美得惊心的红蚂蚱
只在人迹罕至的深山里
才会停摆在眼前
招摇的树梢或枝头上
提示我，不止有花果
和花蝴蝶装点盛夏

更有特别好吃的野蘑菇
或菌子，趁雨过天晴
此起彼伏地冒出头来
或红或绿或紫
五彩斑斓，在野草丛
或大树根儿间
悄悄隐匿或闪烁

牵着自己的小丫头
起劲儿地在树荫里穿梭
采撷，一起领受阳光
和新鲜空气，领受
大自然的慷慨馈赠
让日子慢下来，让内心
悠然回到儿时岁月

数九说瓜

于慈江

但凡是瓠果，就有子房和花托
就是瓜，哪怕是歪瓜和傻瓜
呆瓜和笨瓜，也都是好瓜
也都是有滋有味的瓜
悠悠然吊在绵长的食物链上
可以食用，可以养眼
可以为文，可以入画
可以讥刺，可以调侃
可以说三道四，可以想入非非
各种萌萌状和憨态，一堆优雅

哪怕是癞瓜或裂瓜
哪怕是倭瓜或面瓜
哪怕是角瓜或茭瓜
哪怕是瓠瓜或蒲瓜
哪怕是丝瓜或絮瓜
哪怕是黄瓜或胡瓜

哪怕是地瓜和佛手瓜
哪怕是梨瓜和八月瓜
哪怕是蛇瓜和葫芦瓜
哪怕是酥瓜和变色瓜
哪怕是鱼翅瓜和蜡梅瓜

但瓜并不都是香瓜
也不都是蜜瓜或甜瓜
也不光还有木瓜、涩瓜或苦瓜

有的瓜可以张嘴生吃
（一般说切瓜，西北说杀瓜）
即使西瓜皮也可以凉拌
有的瓜则必须熟食
有的瓜可以吃瓜吃子
有的瓜可以连皮带肉吃
有的瓜只能吃肉吃瓤
有的瓜往往并不径直叫瓜
比如熏瓜或松瓜便通称西葫芦

既有冬瓜、西瓜和南瓜
为什么似乎没听说过北瓜
有人说南瓜北生便是北瓜
还有人说阴瓜或笋瓜就是北瓜

瓜不只可以观，可以大啖
亦可以供人镂刻、装点或把玩
（洋人刻南瓜，咱们刻葫芦瓜）
可以供人体味丰收或圆满感
亦可以供人围坐在一起
偶尔猎猎奇，当一回吃瓜群众

我真想

于慈江

我真想回到没有一丝
皱纹的光阴,给你
写长长的信
用钢笔,用力透
纸背的优雅和诚恳
在你我记忆的深处歇脚
留下印记和脚踪
留下心悸和感动

我真想回到没有一丝
阴影的过去,约你
一起去踏青
用双脚,用丈量
天下的潇洒和豪情
在属于你我的山野逍遥
看云舒云卷花开
听鸟叫虫鸣风来

无眠夜怀想

于慈江

轮回在灯光的唇吻之下
伤口再一次伸出舌头
时间情不自禁地匍匐
在你多梦的额角倾听

光向着又一个纬度沉沦
却掩不去我眼底的故乡
我床头灯下那一点柔和
飘洒的不只是光亮
更是你枕边温馨的夜色

所有的窗帘都是旧窗帘
遮不住你蓬松的鬓边
那似曾相识的一缕奶香
你眼中那滴最亮的水珠
一次又一次漫过我
怀里那道不设防的河堤

你语言展开的透明姿势
是草根们喧闹的声音
也是水渗进石隙的声音
你敛息装点我梦边的墙

今夜是我们的今夜
明晨是我们的明晨

即使收割过的麦地里
也总有俯拾麦穗的人
岁月的梅花鹿踏雪无痕
结壳的心已没有年轮

长周末之长

于意江

正午的天空一脸寂寞
常青树随便站成几行
臭鼬缓缓挪过长街
我坐在铁轨这边
距你很远
而檐下水珠
慢慢调试一架古琴

到处都是懒懒的云彩
唯有你身影摇曳
醒在我抑郁的怀中
我的手一搁在颈后
便瞧得见墙上你的踝
落叶絮叨着风起了

大海的那边夜色无垠
你手中书页发黄
像远行人一脸风霜
你聚经会神坐拥书城
遥想百年前海盗
如何镇守一洞财宝

到处都是你我的往事
如闲书搁在膝上
满是红笔画的杠杠
弯弯曲曲通向
彼此垂垂老矣的时光

而烧烤架上灰烬卷曲
像笑容稍纵即逝
一墙斑驳的阳光下
痉挛的手抓不住酒香
许多影子挤向我
我却只护着你的肩膀

夕阳把山坡照斜了
海边离家出走的孩子
兀自跑来跑去

东单公园之约

于慈江

当夜晚的毛孔次第开放
你甜甜的气息便触手可及
一长条形迹可疑的椅子
一树林似曾相识的雾气

在亮幽幽的小猫眼里
哪是真哪是幻哪是月光
在凉浸浸的小狗鼻下
哪是藤哪是树哪是花香

与一棵棵树比赛耐心
走过一群群拥挤的日子
从浊气中清凉着出来
着实并不那么容易

时间之蛇将老皮一再褪下
如此冰凉地铺在身后
月色即使常常姗姗来迟
毕竟总会赶来赴约

在这皱纹初起的秋风里
轻握你月白色的裸足
遥想望不断的梦中家园
这一夜呵可不许擦肩而过

在三里屯酒吧

于慈江

又一度笑语拂面的微醺
浓醇得风吹不动
九月呵，这清爽的九月
正是故人执手重逢的季节

这一街阑珊的灯火
夜复一夜不停地上演
慵懒自得的欧罗巴式风情
而蓦然回首之间
那人是否就已正在身边

虽然已是无花可供解语
毕竟是可随意走神的时辰
坐拥两小杯清凉饮料
彼此深入对方柔软的眼神
这只属于两个人的风景画
仿佛十年前便已被预约

曾经的并不都是沧海
也不只巫山的云才神奇
一天涯绿萋萋的芳草
在擦身而过间纷纷枯落

而浪游的人一再流落在外
以一种漫不经心的姿态

在这秋日又一个不眠之夜
你所有令人熟识的表情
指向的可正是下一个路口
而我奔波太久的飘零身影
可会来时潇洒，去时牵挂

有凤来仪

于慈江

风拂面
而过
是路经
还是撩拨

你如风
婆娑
是迎受
还是闪躲

那一抱气息

于慈江

那一抱甜甜的气息
就这样花香四溢
不料想竟那么熟悉
像儿时飘摇的梦
始终浮在额角枕际
像天边遥远的云
一直印在心间眼底

提聚起整个心神
一任触角蓬勃四起
如一尾干渴的鱼
循着水浪应声而至
只想可着劲吮吸
变着花样穿来游去
是憩息也是沉溺

我和你

于慈江

为四十年同学之谊而作,纪念老同学聚会。

迷离的不只是醉眼
青春也不只意味着年纪
你一声吆喝,我一句酣歌
心灵不再独语,岁月
也已不是遥远的距离

你的亮眼,我的凝视
望穿重重的山,望穿
道道的水,望穿
你我彼此的视线

是你温暖了我的梦
还是我陪伴了你的孤单
是你滋润了我的心田
还是我澄清了你的泉眼

我和你就这样,像两棵
长青的树,遥遥站成
一道意味深长的风景线

冬日画像

于慈江

一角多梦的凝思着的额

你想知道究竟什么是发愁
你自己和自己说悄悄话
你使劲缅怀些过去的琐事
你无人处嘴唇翕动开合
有如一道久治不愈的伤口

一朵飘动的无依托的云

你知道眼前那片林子虽大
懂得来栖息的鸟却不多
你只好搁浅在两个世界间
像一个凭险固守的真理
期待哪个朝山客如期到达

一堵冷冰冰的人形的墙

昨天的光与亮早已经褪色
窗外那一汪黑黑的夜的水
正好漂泊你心底的忧伤
子夜时分枕着几本哲学书
倾听与天接壤的某个地方

有个人为冰封多年的你
捎来多少远处的新鲜日子
以及久违了的阳光的气息

一世界盛开的洁白的雪

未名湖与太平洋的弧线

于慈江

沿着湖岸向湖央
荡
漾
你在湖这边
我在湖那边
湖在校园里边

沿着洋堤向洋面
眺
望
你在洋这边
我在洋那边
洋在地球里边

沿着弧线向弧心
圆
满
你在弧这边
我在弧那边
弧在圆周里边

海 归

于慈江

何时坐拥大海，这样守望
洞内外紫色水晶的质地
光线和暖，花色灿烂
表情俨如墨镜，亦庄亦幻

虫起虫落虫沉寂，不只梦
在走神，一捧掌纹逐浪
舒展，手心不再疼痛
满目花香鸟语风声，雨帘
如释如禅，总是结队而来

千年花木摇曳成谶，蜜蜂
或蜂鸟朝九晚五殷勤
如织如诉如歌，而一天
星星正躲在太阳幕后
挤眼的挤眼，偷懒的偷懒

天明天暗，潮涨潮落
鲜花由谁攀折，爱情由谁
倾诉，翠绿由谁
收割，歌声由谁应和

遐　想

于慈江

屏息打开景深里
你宁恬的那一弯笑靥
就像静悄悄开放
昨夜的一朵花儿或月
我于是顿悟了美
红玫瑰和红杉树
其实没有什么不同
都能带领墨绿的树叶
清风里扶疏着歌舞

不只是蓝色才柔和
不只是紫色才深刻
不只是黑色才伤悲
不只是红色才火热
你妩媚鲜活的一点嫣红
可走得出我无边葱绿的
蓬蓬勃勃或层层叠叠吗

久违多日的白月亮
再次产下满天的黑色
就像你莹白地轻抚我
一头黑硬的发梢

我微笑着的淡淡悲伤
是你瞳仁最深处的柔光

月影里的阳台或窗台
始于诱惑还是闪躲
从容释放我心扉的老虎
去嗅你红香的玫瑰
而一再忧伤的雨季
已与三月一道不辞而别

既然星星或萤火虫
终于点起了童话里的灯
那么就让我们手拉手
开始期盼许久的远足吧
你蓬松黑亮的发辫
是我的尾巴还是小鞭子
青油油舒展的葛藤下
只见一地圆圆的五色瓜

大海的那边是什么
高山的背后什么在期待
每一盏温暖的灯火下
河水溪水流向何方
鸡鸭猪羊栖于何处
鸟儿歌唱着什么旋律
孩子们玩儿着什么游戏
我的目光已先期抵达

青岛之青

于慈江

在青岛体会大海的浩瀚与碧蓝
我横流的汗水和你荡漾的海水
哪个更咸，哪个更腥
初来乍到的我并不容易确定

在青岛体会南方的温润与细腻
所有的青绿都浸满水分
沿着额头、树干或树冠
漫延，青霉弥漫得让你又爱又嫌

在青岛体会生活的慵懒与悠闲
连蚊子的嗡嗡营营
都显得有些漫不经心
让你对人对己无法一本正经

在青岛体会山水的葱茏与诗意
每一处绿斑盎然的墙根儿
似乎都在出汗，湿漉漉的不只是
雨和雾，还有你辗转反侧的内心

在青岛体会岛城的青翠与烂漫
每天爬上爬下漫步，面对一堵堵

似曾相识的墙院，内心柔软
像梦中游走久违的儿时故园

在青岛体会校园的静谧与神圣
墙上的爬山虎像女孩子脖颈儿
挂着的项链，不论是一身休闲
还是身着正装，都是生活的裁剪

青岛之岛

于慈江

青岛之岛不是美丽的琴岛
不是小巧玲珑的麦岛和燕岛
不是多姿的田横岛和灵山岛
不是奇崛的赭岛和竹岔岛
青岛之岛是这所有岛的聚焦

青岛之岛是我的还乡之岛
是爷爷大半生的魂牵与梦绕
是东阿路阒静幽深的街道
是父亲儿时捡海蛎子的沙滩
是我梦中永远伸延的栈桥

青岛之岛是我的栖居之岛
是我血脉所系的老家与故园
也是我生命再次起航的港澳
是我安顿身心的簇新之家
更是我的帆和拴住心的锚

青岛之岛是我的圆梦之岛
是青翠的浮山、鱼山和崂山
是坐落在山海间的大学学校
是鲜美的炒蛤蜊和袋装散啤
是高远的星空与白云缥缈

青岛之岛是我的泊岸之岛
我的岸与岛礁若不再漂移
我敏感多歧的心便不再飘摇
她以她的伟岸和葱茏迎受我
我便安卧在她温煦的怀抱

青岛之冬

于慈江

冬天的青岛本无原则
冻肤刺骨砭人为度
比起碧海、蓝天与褐瓦
凛冽的寒风才是特色

迎风走在海边或山径
一路俯拾梧桐落叶

用其中一片比量双颊
想象自己如何瘦削
想象遥远的海口或三亚
想象南方的沙滩和绿野

慢跑青岛

于慈江

在青岛高低起伏的葱茏中慢跑
向前的路不是向上的路
就是向下的路
人生的路原本有时向上
有时向下

在青岛满天瓢泼的大雨中慢跑
向前的路瞬间急流成河
上坡是逆河而行
下坡是顺流而下
好在水一路泼洒得清澈透明

在青岛漫山遍野的大雾中慢跑
就是置身于湿漉漉之中
也就明白为什么校园中到处
会有蘑菇或木耳丛生
为什么墙角总有丝丝的凉侵人

在青岛色调明艳的山海间慢跑
常常就是沐风而行
无论是迎着顶着山风
还是顺着逆着海风
溽暑于是每每舒爽得易于忍受

山海青岛

于慈江

在青岛，你可以轻易地满足
依山傍水隐居的想望
可以随处选胜登临
或是沿着上坡、下坡的小路
用目光追随各种藤蔓
攀缘而上，爬进一堵又一堵
幽深院墙，与丛生的往事
或传说邂逅，一见如故

在青岛，水雾充沛得你
老能看到雨打一墙的凌霄花
一地缤纷散乱的橘黄花瓣
让人不忍践踏，顺便想起
厦门有位女诗人对它印象刻板
而你也很容易就会明白
樱花的丛簇纷繁固然烂漫
樱桃花的花与果却更让人喜欢

在青岛，只要是果树
便容易让你大起童心
在院子里假想瓜田或李下
假想果香让你满口生津
而墙角的一树石榴偏偏总是

让人无法深入一个核心
刚好邻家的女孩儿从树旁飘过
一任喜鹊啁啾,蜜蜂勤恳

在青岛,你应该最容易
感受到,每一季难熬的溽暑
都注定紧跟着宜人的干爽秋天
每一个晴夜的白云片片
都通常会变成一清早的瓦蓝
每一枚无花果都在悄悄地
做着自己艳若牡丹的梦
每一个卑微的梦都不只有安恬

在青岛,休渔期一过
大海慷慨、清爽得你不仅可以
体味鱼蟹或虾虎的鲜活
也能抱着双膝静静地看着
远处海面上闪烁不定的渔火
想象出海或登岛,体味
唇吻如何爬满光洁的额头
体味山海和天地的静谧与寥廓

青岛寒假印象

于慈江

浑身溜圆的红苹果无论多么好看
先得闻起来清香，吃起来甘甜，否则
就远不如一根青愣愣的歪萝卜实惠

无花果芯尽自藏满花蕊和花瓣
却不得其门而出，火龙果芯黑芝麻
多得不可胜数，照样无法消化

都说刺儿或倒刺是柔软生的硬茧
一个不小心长成榴莲、刺猬或豪猪
也需要拥抱，小城的人不时面向墙角
或树丛撒尿，而垃圾桶也大摇大摆
排队上大街，昭示协调中的不协调

前晚若下起细雨，翌晨自然雾起
喷薄的曙光与萎靡的斜阳没什么两样
浮山脚下的冻冷里，我倚着一棵
歪脖树看斜阳倚完篱笆，接着倚高墙

人一旦成长便烦恼丛生，不知如何
返老还童。唯有梦中那一声妈妈
会把自己哭醒，把黯黑中的孤独印证

三月，偎着诗或你发呆

于慈江

三月，哪怕只是光着脚原地踏步
也算是出发，一如迎春在楼下
悄悄吐芽儿，别人家忸怩的阳台
一向可望而不可即，一如雀巢
或蜂巢零零星星，在眼前几处树梢
悄悄招摇：到底是女为悦己者容
还是女为己悦者容，谁又
真能说得清！只好把手边一个
好看的苹果漫不经心地削成
土豆的形状吃掉，再与视野里
渐行渐远的冬天挥手告别或和解
然后偎着院子里返青的树或你发呆
顺便让脑海中蛰伏的几句诗苏醒

游荡四月花香

于慈江

一月中至三月底闭户彷徨
四月伊始怯生生出门游荡
和满世界的树木一起抽芽吐翠
和一地的花瓣一起迎受阳光

想象一条咸鱼翻身的滋味和模样
在一片姹紫嫣红中弓背打挺
身段轻盈地掠过周遭的鸟语花香

一路沿着内心的愿望缓缓行走
走过樱花和迎春花的烂漫
向含苞或半开的白玉兰和红海棠点头

而今脚步有些虚浮的我劫后余生
满眼都是不太适应的迟疑和迷茫
在楼下墙拐角的暗影里
在身侧爱人的柔软鬓发旁

妞妞说

于慈江

没有冬天，哪能显出这一天烟火气
虽然厨房的阳台上，几棵大白菜
裹着碧绿，却早已奄奄一息
不远处，高大的烟囱也不再冒烟

过去这三年如蚕在茧，百爪挠心般
难熬。或许若能像有些动物一样
长期冬眠，也胜似人间觳觫
或忐忑不安。偶尔吃吃萝卜缨子
不一定就真是舍本逐末，一如
在芹菜梗儿之外，也吃吃芹菜叶

妞妞说，一棵大白菜就是一朵
巨型牡丹，花瓣儿耐看。她还说
你怎么连一条鱼尾纹都没有
真是辜负了自己曾经的岁月或颠簸

篱笆墙上的牵牛花

于慈江

以蓝白或紫红的一朵鲜妍
以小小喇叭的形状和姿态
向外悄悄招摇，为树丛
点缀，沿着篱笆次第蜿蜒
从不和牡丹或玫瑰争艳
也比鸢尾花或凌霄花简单
尽自由心枝蔓、缭绕
却绝不随便向上攀缘

有花袭人

于慈江

枝头缀满　　　　　虫或叶落
忧伤，午夜花　　　由谁，向他乡
敛息，箭镞柔软　　掸去，时间花瓣
舌头与往事　　　　一个又一个
言欢额角　　　　　沉湎高度

何谓诗

于慈江

英国作家埃莉诺·法杰恩（Eleanor Farjeon，1881—1965）曾有诗言："玫瑰不是诗，玫瑰的香气才是诗。"

> 或许有人会说，玫瑰不是诗，玫瑰的香气才是诗
> 玫瑰当然是诗，玫瑰的香气和色泽、诱惑和摇曳更是诗
>
> 或许有人会说，蝴蝶不是诗，蝴蝶的彩衣才是诗
> 蝴蝶当然是诗，蝴蝶的彩衣和动感、花痴和翩跹更是诗
>
> 或许有人会说，月亮不是诗，月亮的幽光才是诗
> 月亮当然是诗，月亮的幽光和皎洁、深邃和圆缺更是诗
>
> 或许有人会说，太阳不是诗，太阳的明亮才是诗
> 太阳当然是诗，太阳的明亮和温暖、光芒和灿烂更是诗

我爱花　也爱花一样的蝴蝶

于慈江

（一）

我喜欢春天,因为天气一天天暖和起来,一树又一树的花也开了……

我喜欢春天,还因为美丽的蝴蝶也开始复苏,漂漂亮亮地飞来飞去,越来越多……

打我很小很小的时候,我就觉得花是世界上最好看的东西。每一种花都有每一种的好看。

我还觉得蝴蝶像花一样美,是会飞的花。反过来说,花就像不会飞的蝴蝶。

（二）

妈妈说,蝴蝶是一种变温动物,只有体温随着天气变暖而升高的时候,才会满世界飞来飞去。

在大清早的野外,在草丛中或花丛里,有些蝴蝶会张着翅膀,却一动不动,就是在等身体回暖。

这个时候的蝴蝶,像在画里,像不会飞的花。

都说蝶恋花。蝴蝶像蜂鸟、蜜蜂一样,都喜欢围着花打转转,汲取养分。花如蝶,蝶似花。

（三）

不用妈妈告诉我,我也知道,花是种子变的。或者说,花是花骨朵变的。

可蝴蝶到底是什么东西变的呢？我很久很久都不知道。一直都很好奇。

直到有一天，有一位小哥哥指着树上掉下来的毛毛虫说，别看它现在看起来肉乎乎的，很恶心人，将来会变成特好看的蝴蝶。

听他这么一说，我倒是不那么硌硬毛毛虫了。不过，还是不敢太靠近，因为都说毛毛虫会把人的手咬得肿起来。

（四）

爸爸告诉我，有的毛毛虫变的不是蝴蝶，而是扑棱蛾子。

我最讨厌蛾子了。它们肚子太大、样子太丑，翅膀也不如蝴蝶的好看。

夏天的时候，蛾子会顺着窗缝飞进屋子里，满屋子乱撞，碰到身上，会留下脏乎乎的黑印子。

爸爸还给我讲过灯蛾扑火、自取灭亡的故事。我听不太懂——灯蛾子干吗那么傻呀？

（五）

妈妈唱过一首歌，里面有句歌词是，"五月的鲜花开遍了原野……"

现在正是鲜花怒放、开了又谢、谢了又有别的花盛开的五月。蝴蝶也开始一天比一天多了起来。

我更盼着夏天的到来。因为夏天蝴蝶最多、种类最全。当然，除了冬天，蝴蝶哪个季节都有。

夏天，也仍然有花开。有各种各样的花烂漫地开。

一眼掠过立春的雪

于慈江

就算我早就知道，对虚无的执念
说到底本身就是一种虚无
这久违的白雪还是慢悠悠下得
有点儿吝啬，让寒假中懒散的我
一下子想起儿时错落的白桦树

是无端的梦，使睡眠一再失重
隔窗看着一清早星星点点的银白
替一地的空荡疏疏落落地遮羞
却遮不住角落里所有的丑陋
我惺忪着一抬脚踏出，便踩碎了
冬天这一场小小的花招或布局

与堆雪人的儿时记忆比起来
更乐于在一张白纸似的雪地上
用发僵的食指写几行饱满的大字
与手捧漫天的雪花儿比起来
更想听旷野中脚踩积雪的咯吱声

在岛城立春的雪意里极目一轮
西坠的橙黄，我的星空在西南方
夏日里那满眼葱翠的山野。每年
最惬意的时光莫过于枝叶扶疏中
踩着无名小径上山，迎受一蓝天
来去自如的白云洗礼，沉浸于
随处采摘野果子和菌子的喜悦

闻一多和陈梦家、臧克家的
鱼山园诗缘（微诗剧）

执　　笔：于慈江（中国海洋大学名师工程讲座教授、一多诗歌中心主任）
饰演者：闻一多（20 世纪 30 年代初执教于海大）：范　宣同学
　　　　　陈梦家（20 世纪 30 年代初闻一多助教）：景宗学同学
　　　　　臧克家（20 世纪 30 年代初闻一多学生）：陈民强同学
串　　场：于慈江教授　王佳雨同学

　　[于和王走上台，站在台左侧（注：以下的左、右均是观众视角，即面对舞台观众所看到的方向，左首为观众视线起始位置），PPT 是文字"我爱的是白石的坚贞、青松和大海——老海大园里的诗人闻一多和陈梦家、臧克家"，底图可以是青松、大海]

　　于慈江：20 世纪 30 年代初，山河破碎，国运维艰，大诗人闻一多在海大园整整执教两年（PPT 是闻一多照片和海大校园）。他爱国忧民，既不乏学者风度，又一身浓郁诗情，决心为积贫积弱的中华民族，寻求一剂起死回生的文化良方。

　　王佳雨：作为一个结果，闻一多把诗的种子和一位大写的爱国学者的情怀，深深地撒播在这座虽饱经磨难却始终熠熠生辉的校园。正是在受聘到海大园的 1930 年，他"花了四天功夫"，忘我地写出了神秘古雅的激情长诗《奇迹》。他的新月派诗友、诗人徐志摩赞叹他"三年不鸣、一鸣惊人"（配乐起，范宣上，至舞台中央；于和王退至左手讲台后，依托讲台，看向范宣）：

　　范　宣：

　　　　　　我要的本不是火齐的红，或半夜里
　　　　　　桃花潭水的黑，也不是琵琶的幽怨，
　　　　　　蔷薇的香；

……

我要的本不是这些，而是这些的结晶，
比这一切更神奇得万倍的一个奇迹！

……

我只要一个明白的字，舍利子似的闪着
宝光；我要的是整个的、正面的美。
我并非倔强，亦不是愚蠢，我不会看见
团扇，悟不起扇后那天仙似的人面。
那么我等着，不管得等到多少轮回以后——

……

——我等，我不抱怨，只静候着
一个奇迹的来临。

……

我听见阊阖的户枢勃然一响，紫霄上
传来一片衣裙的綷縩——那便是奇迹——
半启的金扉中，一个戴着圆光的你！

于慈江：就这样，闻一多把青岛的美视为"舍利子似的闪着宝光"的"结晶"和"奇迹"，忘情地沉浸于山海的青葱和蔚蓝，将他在1927年的《口供》一诗里所反复渲染的爱，特别是对青松和大海的爱，很大程度上落实了（于向范宣方向转头并抬手示意，配乐响起，PPT放《口供》一诗）——

范　宣：

我不骗你，我不是什么诗人，
纵然我爱的是白石的坚贞，
青松和大海，鸦背驮着夕阳，
黄昏里织满了蝙蝠的翅膀。
你知道我爱英雄，还爱高山，
我爱一幅国旗在风中招展，

自从鹅黄到古铜色的菊花。

记着我的粮食是一壶苦茶！

……

（范宣读完，伴随配乐步行至台右侧，观众看不到的地方）

王佳雨：1956 年，学者兼诗人陈梦家发表《艺术家的闻一多先生》(PPT 放陈梦家照片)，回忆他和恩师闻一多短暂的岛城温馨："我们常常早晚去海边散步。青岛有很好的花园，使人流连忘返。而他最爱的是站在海岸看汹涌的大海。"

于慈江：至于山，小鱼山、八关山、浮山和崂山自不待言。"爱英雄、还爱高山"的闻一多 1932 年离开青岛之前，还特意与弟子陈梦家一起爬上泰山。也难怪陈梦家会这样感慨闻一多的襟怀："对于大海和泰山的爱，可见他的胸怀。"

（此时，范宣和景宗学从右侧缓步上场——范拿一本书，边走边向景做讲解状，随后景点头表示理解，二人停在舞台中央；范招手与景告别，景微鞠躬后目送范离去，转而面向观众；此时王的《小诗》导语说完，配乐已经响起，PPT 放《小诗》文字）

王佳雨：陈梦家虽然只当了一个学期的海大园助教，却能一边在导师闻一多提点下钻研甲骨文，一边以敏感的诗心感悟青岛。譬如，他 1932 年 6 月，就写了一首名为《小诗》的诗，满是诗人慧眼洞察的欢欣，带着会飞的翅膀：

景宗学：

我欢喜听见风

在黑夜里吹；

穿过一滩长松，

听见你在飞。

吹我去到那边

不远的海港，

那边有条小船

等在港口上。

（景可以在最后一句时，微微转向抬头，仿佛眺望远处的港口）

于慈江：陈梦家后来甚至在千万里之外，还难忘凄美迷离的青岛——他 1933 年在安徽芜湖，借长诗《往日·陆离》这样追忆：

（景在配乐起时，面向观众，可踱步稍微偏离一点中心位置，PPT 是《往日·陆离》文字）

景宗学：

······

在海岛上

我与远处的灯塔与海上的风

说话，我与古卷上的贤明诗人

在孤灯下听他们的诗歌：像我

所在的青岛一样，有时间长风

怒涛在山谷间奔腾，那是热情；

那是智慧明亮在海中的浮灯，

它们在海浪上吐出一口光，

是黑夜中最勇敢而寂寞的歌声。

······

（景朗诵完毕，在配乐中走至舞台左侧观众看不到的地方）

王佳雨：闻一多的得意门生除了陈梦家，还有臧克家（PPT 出现臧克家照片）。百年海大园最让人津津乐道的掌故之一，正是一多和所谓"二家"的师生缘。也曾是海大园教授的梁实秋这样著文《谈闻一多》："在国文系里，他最欣赏臧克家，写的诗相当老练。还有他从前的学生陈梦家也是他所器重的。"

于慈江：虽然闻一多曾调侃说，"我不是什么诗人"，但他的确是经由诗歌，才同这两位弟子接驳在一起。作为助教的陈梦家，是闻一多 1927 年在南京中央大学任教时发掘的诗人苗子。

王佳雨：而本科生臧克家在社会上磨炼过，算是闻一多慧眼识珠的特招生，幸运地得到了他手把手授艺、逐字改诗的待遇。像臧克家 1932 年 4 月写的代表作《老马》，就经闻一多修润、欣赏过（陈在配乐开始时上场，在舞台中央；PPT 是《老马》文字，背景可以是一匹老马）：

陈民强：

> 总得叫大车装个够，
> 它横竖不说一句话，
> 背上的压力往肉里扣，
> 它把头沉重地垂下！
>
> 这刻不知道下刻的命，
> 它有泪只往心里咽，
> 眼里飘来一道鞭影，
> 它抬起头望望前面。

于慈江：闻一多不仅将臧克家的海大园作业《难民》《老马》等介绍给《新月》诗刊，还和后来也成为海大园教授的作家王统照一起，资助臧克家 1933 年出版首部诗集《烙印》，并一针见血地为之作序说："克家的诗，没有一首不具有一种极顶真的生活的意义。"

王佳雨：臧克家接下来这首《忧患》同样写于海大园，也当得起闻一多这一评价。这次是直指国恨，一如诗人在 1956 年版《臧克家诗选》中特意标注的那样，此诗写于"'九一八'事变第二年 3 月"（配乐起，PPT 是《忧患》文字）：

陈民强：

> 应当感谢我们的仇敌，
> 他可怜你的灵魂快锈成了泥，
> 用炮火叫醒你，
> 冲锋号鼓舞你，

把刺刀穿进你的胸,

叫你红血绞着心痛,你死了,

心里含着一个清醒。

应当感谢我们的仇敌,

他看见你的生活太不像样子,

一只手用上力,

推你到忧患里,

好让你自己去求生,

你会心和心紧靠拢,组成力,

促生命再度的向荣。

（陈朗诵完,站在原地不动。最后合诵配乐响起后,于再开始说下面的话）

于慈江:闻一多自然是一位激情型的诗人,但更是一位有着浓烈家国情怀的爱国诗人——让我们一起再来听听他那些掷地有声、感动了无数后来者的肺腑之言吧(此时,范和景从台侧走上台,于和王从讲台后走上台——这样景、范在中间,陈在最右边,于在最左边,王在次左,五人站成一排。PPT 显示最后这段合诵文字):

范　宣:诗人主要的天赋是爱,爱他的祖国,爱他的人民

景宗学:我爱中国固因他是我的祖国,而尤因他是有那种可敬爱的文化的国家

陈民强:我爱英雄,还爱高山

于慈江:我爱一幅国旗在风中招展

王佳雨:秋风啊,习习的秋风啊

于慈江:我要赞美我祖国的花

五人合:我要赞美我如花的祖国

海大大先生：从历史深处走来（微诗剧）

创　　作：一多诗歌中心

执　　笔：于慈江教授、王　点同学

饰演者：老　舍（1934 年到海大）：刘良骥同学

　　　　　王统照（1946 年到海大）：张昊楠同学

　　　　　曾呈奎（1947 年到海大）：雷程杰同学

　　　　　赫崇本（1949 年到海大）：王　喆同学

　　　　　方宗熙（1953 年到海大）：吴韬熙同学

　　　　　文圣常（1953 年到海大）：佘英凯同学

　　　　　张正斌（1963 年到海大）：颜子秦同学

男学生：陈汭泽同学；**女学生**：李诗尧同学

　　微诗剧正式开场前，老舍扮演者刘良骥同学登台，向全场介绍出演嘉宾各位老师、各位同学：

　　我是一多诗歌中心成员刘良骥同学。接下来的节目是我们中心为 2023 年度教师节特别创作的微诗剧《海大大先生：从历史深处走来》。

　　首先，请允许我介绍一多诗歌中心出演的同学：1946 年到海大的大先生王统照由张昊楠同学出演；1947 年到海大的大先生曾呈奎由雷程杰同学出演；1949 年到海大的大先生赫崇本由王喆同学出演；1953 年到海大的大先生方宗熙由吴韬熙同学出演；同样是 1953 年到海大的大先生文圣常由佘英凯同学出演；1963 年到海大的大先生张正斌由颜子秦同学出演；最后，由我本人出演 1934 年到海大的大先生老舍。

　　男女大学生则由我们一多诗歌中心的陈汭泽和李诗尧同学本色出演。

　　老舍从舞台右侧下（以观众席为视角，下同）。

　　男女大学生带着各自的迷茫与困惑，从舞台左侧缓缓走出

　　男学生：又路过这儿，

　　　　　　　樱花飘飘洒洒，顾自落满台阶；

高高低低的花枝外，

是永远不会给我回音的信号山。

女学生：又路过这儿，

屋顶的红瓦望成一片，与蓝天相接；

走走停停的步子里，

是困惑着我的一团迷茫与惆怅。

男学生：又一次路过——

那些生动而又不免陌生的雕塑，

图书馆三楼的陈列室……

女学生：我与沉默的眼睛良久对视，

无边的寂静与我就这样彼此倾听，

我的心，却不知向何处安放。

男学生：老师，先生！

女学生：先生，老师！

男学生：请您走得慢一点儿，再慢一点儿！

女学生：请您告诉我——您，在哪儿？

男女生合：请您停下脚步，为我、为我们解惑！

当男女学生彷徨徘徊、无助地呼唤自己的老师和先生时，老舍、王统照、曾呈奎、赫崇本、方宗熙、文圣常和张正斌七位大先生悄立于舞台右侧帷幕后

老　舍：我？——我们一直在注视着你们！注视着你们的欢笑与泪水、孤独与徘徊，我们愿意感受你们求助的眼神。请走近我们，让我们倾听并回应你们！

男学生：诗尧，你听，那好像是老舍先生的声音！咱们的初中课本就有他的散文《济南的冬天》。先生的小说《骆驼祥子》好像也写于咱们青岛。

女学生：是的，沨泽！听说他老人家有一篇散文《青岛与山大》，就登在 1936 年的《山大年刊》，赞美的正是咱们老海大人的精神，所谓背依崂山、眼望泰山，态度静肃、心怀高远——老舍先

生,您来了——我说得对吗?

在男女学生的对谈中,老舍从舞台右侧帷幕后缓步登台

老　舍:是的(面对男女同学,微笑)——这两位同学说得不错(转向台下观众)。从 1934 年起,我在咱们海大鱼山园教过两年书。既然说到了我那篇小文章,我就给大家读上两句:

一个大学或者正像一个人,它的特色总多少与它所在的地方有些关系。山大虽然成立没几年,但既在青岛,就不能不带些青岛味儿。

说真的,鱼山园所表现的精神是青岛的冬……当我们上课期间,自秋至冬,自冬至初夏,青岛差不多老是静寂的。春山上的野花,秋海上的晴霞,是我们的,与避暑的人无关。至于寒冬的凄苦寂寞,自有读书声与足球场上的欢笑相抗。我常说,能在青岛住一冬,就有修仙资格,何况一住就是四冬! 我们的学生毕业时不会都成仙……可是静肃的态度已养成。

我们常去崂山玩,可我们的眼,却望着泰山。这个精神使我们朴素、使我们静默、使我们能吃苦。

老舍读毕散文片段,向台下招招手挥别,缓缓退至舞台深处最左侧,状如雕塑

男学生:诗尧,你知道吗? 与老舍先生年龄差相仿的另一位文科海大大先生是王统照教授。作为"五四"新文学运动屈指可数的奠基者之一,他一生著译甚丰,是整个 20 世纪前半叶与青岛,进而与老海大联系最为紧密的泰斗级新文学作家,主编过青岛有史以来第一份文艺月刊《青潮》。

女学生:我听说王统照先生 1946 年携 300 多种珍稀线装书出任老海大中文系教授,领衔开启了海大园长达多年的第二度人文辉煌。作为拥有诗集《童心》的初代新诗诗人,他 1957 年曾致信《诗刊》主编、另一位海大人臧克家,抨击当时某些新诗只能看、不能诵、无节奏,期待"真体内充""积健为雄"的好诗。

王统照从舞台右侧帷幕后缓步登台,步入舞台中央和台前,面向观众侃侃而谈

王统照："想象"是诗歌中最重要的支持力,虽然要有情感做燃烧的火焰,有思想做指引的风信,有辞藻做外面的衣裳,但缺少这类坚强的骨髓,诗歌与别的文学作品便不易分辨……诗歌要提高人的联念,由念生象,由象印感,回环荡薄,方能发生嗟叹舞蹈、不由自主的"迫动"……想象力引动读者易想、易记,易于把捉住透过想象的薄幕传来的热情。

我有一首新诗旧作《柔雾》,在想象上用力颇深,可以作为一个示范样例——

> 泛一层柔雾,粘住了玄涛,
> 秋来了,到处听凄清的夜笑。
> 遥遥的孤灯苍茫中颤影,
> 微光后递过来一声长啸。
>
> 在旅梦中摸索,他不敢回头,
> 向无尽处伸出震抖的双手。
> 秋之夜,雾阵挡住了行舟;
> 冲不开海上的金戈急斗。
>
> 双手,从哪里拿得稳那一支长篙?
> 金戈飞光,透不过层雾上的密网。
> 你的双手,旅人,把握住海天的秋夜,
> 就是横空长啸,也溜不过你的手掌。
>
> 拍浮暗海上,好一场人生剧战,
> 孤灯,绞台的血在高处孤悬。
> 玄涛,柔物交织成夜幕围边,
> 双手,捡得起这噩梦的串线。

王统照读完自己的诗,向台下挥手致意,缓缓退至老舍身左侧,亦有若雕塑

男学生:在文科的大先生之外,海大还有过不少与海洋水产有关的大先生。比如,曾呈奎——曾先生,诗尧你听说过吗?先生1947年来到海大,曾与童第周等先生开办了老海大海洋所和中科院水生生物研究所青岛研究室,为有组织地开展中国的海洋生物研究奠定了稳固的基础。

女学生:活到96岁的曾先生的最大贡献是,领衔推动中国沿海大规模人工栽培紫菜与量产养殖海带。我特别想知道:先生靠什么取得这样出色的成就?

曾呈奎从舞台右侧帷幕后缓步步入舞台中央,面向观众微笑而立

曾呈奎:我只是一名兢兢业业的海洋植物学者与师者,但在大是大非面前,却不愿有一丝一毫含糊。

我向来信奉科学无国界,但科学家有祖国。祖辈爱国的传统影响、科学思想的启迪,使我决心用科学救国、强国。我把这个作为自己的使命,为自己取号"泽农",以明心志。

曾呈奎语毕,向台下观众颔首微笑,转身退至舞台左侧挨着王统照静立

男学生:与曾先生成就同样突出的是赫崇本先生。作为中国海洋事业的主要奠基人,先生1949年到鱼山,曾主办中国首个物理海洋专业,参与国家海洋科学长远规划制定并助推国家海洋局成立,推动实施中国首次大规模海洋综合调查,主持筹建中国第一所海洋水产类综合性大学,推动自主建设中国第一艘海洋科考船。

伴随着男学生这番介绍,赫崇本从舞台右侧帷幕后步出,与两位学生相向而立

女学生:赫先生,您多年从事海洋教育,十分可贵。但有没有因为失去过多时间、不能有更多著作问世而后悔?

赫崇本:作为我个人,这也许是一种损失,甚至会让我羞于回清华园母校。然而,中国毕竟是一个海洋大国,需要的不是一两个杰出的海洋学家,而是一批又一批、一代又一代优秀的海洋专家。只有这样,中国的海洋事业才能兴旺,才能与当今的世界海洋大国并驾齐驱。

总之一句话,我对我所从事的海洋教育事业无所遗憾。

赫崇本说完,与男女学生挥挥手、向台下点点头后,退入舞台中央静立

男学生:对了,诗尧,1953 年上半年来到海大的方宗熙先生也赫赫有名!他不仅成功培育出"海青一号、二号、三号"和"单海一号"等海带品种,还编著《生物学引论》《普通遗传学》等教材,创作大量科普读物。

女学生:我特别想问问方先生:他对中国海洋科学有什么期望与寄语?

方宗熙从舞台右侧帷幕后慢慢登台,面向观众侃侃而言,语重心长

方宗熙:我们要使海洋为祖国的四个现代化服务,不断提高海洋科学的水平,最大限度地开发和利用我国的海洋资源,为社会主义建设作出贡献,为子孙后代造福。海洋科学是一门综合性科学。实际上,要解决比较重大的海洋问题,往往需要不同学科协同工作,才能事半功倍。

方宗熙语毕,微笑着向台下观众挥手致意,退入舞台中央,在赫崇本右侧默立

男学生:同样是 1953 年,只比方宗熙先生晚半年进校的文圣常先生是杰出的物理海洋学家。作为中国海浪学科的开拓者,他 1960 年就发表了"文氏风浪谱",后来又研究了 20 世纪 70 年代被定为国家规范的海浪计算方法。

女学生:是的,汕泽,文老是百岁老寿翁,多年来一直是海大"精神的灯塔",引领广大学子前行。记得他 2000 年,捐给海大 10 万港币何梁何利奖,设立文苑奖学金。特别想听他老人家分享自己成功的经验。

在男女生的议论声中,文圣常从舞台右侧帷幕后来到舞台中央,面向观众

文圣常:学高为师,身正为范。我的工作实在是微不足道的,党和国家给了我这么多荣誉,深感惭愧。这么多年来我努力工作,从家到办公室,从办公室到家,就是为了给年轻人做出榜样。

如果年轻人能够从我做的工作中受益，我准备一直做下去。

文圣常说完，向台下点首微笑，然后退向舞台后面，在方宗熙右侧静静站立

男学生：诗尧，20 世纪 60 年代进校的大先生张正斌教授也很了不起！他是国家首届教学名师、新中国首个海洋化学博士点的首位博士生导师。

女学生：是的，我也听说过张先生，我听说他不仅信奉教学相长，也信奉教研相长，几十年如一日在教学第一线。我特别想知道，张先生是如何做到既教好书，又搞好科研的。

手拿一本书的张正斌像前几位大先生一样，也是从舞台右侧帷幕后走到台前

张正斌：不给学生讲课的老师不是一个好老师。教不严，师之惰。身为人师，在以自身行为为表率的同时，绝不能降低对学生的要求。高标准、严要求，为的是他们将来都成才。这种严厉才是真正的爱。

教学好比一座座小岛，科研工作就是把岛连接起来的一座座桥。只有岛和桥真正相连，才能构筑出完善的教学体系，也才能真正掌握住一门学科。

我永远不会停下追求的脚步——要取得更多科研成果，要讲好每一堂课，要为祖国培养出更多人才。

张正斌语毕，微一弯腰向台下观众告别，然后退入舞台后面最右侧继续静读

男学生：经由历史的回望与爬梳，我们不知不觉中，已向海大校史上七位杰出的大师级大先生看齐。那么最后，就让我们一起重温两段经典话语，向所有海大大先生和师生们致敬——

女学生：所谓大学者，非谓有大楼之谓也，有大师之谓也！

［**男女生合**］：所谓大学者，非谓有大楼之谓也，有大师之谓也！

老　舍：学校犹水也，师生犹鱼也，其行动犹游泳也。

王统照：大鱼前导，小鱼尾随，是从游也。

［**八位齐合**］：从游既久，其濡染观摩之效，自不求而至，不为而成。

沁园春·文心

傅根清（文学与新闻传播学院教授）

邦社维艰,风云激荡,沧海横流。
念八关山下,兢怀多士,
霜晨雨夕,挥斥方遒。
舍予一多,从文统照,
冯陆高萧赓实秋。
沉吟处,凭危栏远眺,河岳凝愁。

英雄自古深谋,手中物、懔然吴地钩。
有笔头千字,胸中万卷,
济民报国,壮志方酬。
海纳百川,镕陶化育,
取则长驱万里舟。
抬望眼,看腾飞华夏,正待骐骝。

参观海大西海岸校区感怀

傅根清

珠山岳峙瑞烟融,瀚海澜翻气象雄。
揖志抟心谋济国,万邦协穆醉春风。

参观"东方红 3"船有感

傅根清

海天浩渺鹤翻空，长舰卧波气象雄。
万里云帆迎巨浪，千寻幽壑斗蛟龙。
何须蓬岛求仙药，不必南洋化景风。
历尽沧桑知大体，和平科考架霓虹。

游崂山（三首）

傅根清

佳日伴游太清宫，牡丹绽放露华浓。
方思显祖生花笔，游客惊呼白先公。

留仙潦倒遗香玉，李白东游餐紫霞。
翠竹经霜方见节，诸公雅量话桑麻。

烟霞澹淡白云飞，极目东南何日归。
应是洞天相顾念，枝头累累绽紫薇。

观崂山冰瀑随感

傅根清

祁寒无处觅梅花,九水听闻冰瀑嘉。
涧肃林幽穷碧落,渊清玉洁访山家。
人知凤秉谦柔性,孰谓凌兢挂崭崖。
变化随机真本色,沾沾胶执莫矜夸。

壬寅初秋游北九水

傅根清

崒崔崂山翠接天,萦纡九水锁晴烟。
将雏扶老同登蹑,笑语欢歌满岫川。
乐水乐山常世识,见仁见智岂堪专。
潮音回壑闻神籁,触物兴怀不取怜。

秋游崂山

傅根清

崂山突兀海天中,雄概苍茫东复东。
幽观傍岩银杏老,短亭鉴水角枫红。
长春瑞霭青云道,太白遐思紫陌风。
形胜满钟清淑气,登临两忘兴无穷。

华楼山（三首）

傅根清

梳洗楼

云崖峭拔青山外，万壑松涛排闼来。
玉女花容何所似，造化偏心起高台？

华楼官

暂别喧嚣意兴浓，郊野胜境觅仙踪。
白云生处堪高卧，碧落岩前道法弘。

灵烟崮

灵烟坚崮入云霄，极目寰宇意气豪。
谁人知会登临意，山到虚闲品自高。

登象耳山并序

傅根清

　　象耳山,原名枣儿山。康有为先生晚年定居青岛,将其喻为"象耳",且选圹山麓;卒后,即葬于此。人们因尊奉先生,更名象耳山。"文革"期间,墓穴惨遭破坏。1984年,人为择址浮山南麓,重修墓园,是处遂沦荒芜。2013年,为缅怀先生风范,复将原墓修葺,以慰先生在天之灵,兼遂敬者追念之愿。广厦,康有为之字。

> 向晚登临象耳山,苍松虬曲鸟间关。
> 东风未透层林瘦,西霭遥升灵塔寒。
> 缅忆公车书激越,轸怀广厦墓移迁。
> 浮山有幸长埋玉,浩荡鲸波耐久看。

流清河沙滩漫步

傅根清

> 岁云暮矣意微蒙,海上仙山造化工。
> 螺号松涛调爽籁,卿云雪浪逐冥鸿。
> 天时有运寒为暖,世事无期泰亦穷。
> 鲁愿浴沂何足羡,钱塘二月醉春风。

大珠山石窟

傅根清

圣教几时敷海涯，珠山云麓问林鸦。
若非法雨长滋润，万石底缘服袈裟。

癸卯冻雨后登竹子庵

傅根清

叶落寒山瘦，冰凝翠竹弯。
耐冬常滴绿，秀萼独鲜妍。
策杖循阶上，欲穷积雪巅。
雨余游客少，睇眄锁尘烟。

庆祝改革开放四十周年

傅根清

昆仑出世峙东方，风雨如磐痛国殇。
卌载殷勤求变革，九州砥砺为腾骧。
会当击水鲸波阔，自信穿云龙斾张。
服务人民真法宝，初心不忘定乾纲。

恢复高考四十周年志念

傅根清

十年板荡昧登庸,敷教兴文念邓公。
铨考兰莸唯学识,充盈黉序尽才雄。
寒窗苦读关山月,热血频挥塞上风。
浩气凌云存壮志,共期华夏九州同。

观国庆七十周年阅兵典礼有感

傅根清

盛世八方仰玉京,扬威志在保和平。
十年铸就湛卢剑,万众成城横海鲸。
东风浩荡悲宵小,正气凛然慰岳灵。
丝路驼铃千古乐,人间正道为苍生。

贺神舟十一号载人飞船圆满升空

傅根清

屈子茫然观万象,冥昭瞢暗问坤乾。
四维何系星辰属,八柱焉依日月安。
云汉列强纷角力,九霄华夏必攻坚。
神舟啸傲长空去,筑梦天宫弄管弦。

贺中国共产党百岁华诞六韵

傅根清

一自虎门销鸦片，列强魔爪向中华。
仁人志士频求索，石库红船独吐芽。
血雨腥风擒顽敌，颗珠挥汗建邦家。
穿山跨海寻常事，揽月探穹贤可嘉。
塞北江南齐奋进，莺歌燕舞绚金葩。
百年恰是青春样，砥砺前行丽彩霞。

抗洪颂子弟兵

傅根清

溯洪肆虐卷狂涛，坏屋摧堤百姓焦。
拼却青春藩社稷，激扬热血斩螭蛟。
苍天应悔频淫泪，大地须惭少堑濠。
为有牺牲多壮志，军歌嘹亮满江皋。

辛丑中美高层对话有感

傅根清

虎啸龙吟震宇寰，中华使节肃严颜。
唇枪舌剑求公正，武略文韬斗悍顽。
回首邅途无忘耻，高瞻正道岂辞艰。
太平浩荡存容量，竞争发展共斑斓。

寄语 2020 届同学

傅根清

四载登成管鲍交，阴晴风雨任飘摇。
樱花树下闻莺语，行远楼旁沐圣陶。
心正自无邪狎犯，身端怎有恶侵召。
曾经沧海千层浪，更上黄河一道桥。

劝学诗

傅根清

暗昧贤能同一初，云泥有别在诗书。
悬梁凿壁披经史，映雪囊萤读传疏。
缉柳编蒲天宇阔，引锥投斧锦帆舒。
明窗净几良辰夜，浇灌古今莫蹴躇。

读《耻庵先生遗稿》有感

傅根清

胡超，字彦超，号耻庵，明成化八年进士，官终工部营缮司员外郎中。年六十致仕，悠游乡里，日与故旧吟咏，间课子弟，年六十四卒。

清晨起坐小轩窗，品啜佳茗一炷香。
水部蹉跎惭素食，六科蹀躞昧炎凉。
胸怀弱冠骑鲸志，词翰白头效楚狂。
宦海羁縻知可耻，濊波濯足竹枝娘。

读《左传·宋子罕》

傅根清

《左传·襄公十五年》："宋人或得玉，献诸子罕。子罕弗受。献玉者曰：'以示玉人，玉人以为宝也，故敢献之。'子罕曰：'我以不贪为宝，尔以玉为宝，若以与我，皆丧宝也。不若人有其宝。'稽首而告曰：'小人怀璧，不可以越乡，纳此以请死也。'子罕寘诸其里，使玉人为之攻之，富而后使复其所。"

《韩非子·喻老》："宋之鄙人得璞玉而献之子罕，子罕不受。鄙人曰：'此宝也。宜为君子器，不宜为细人用。'子罕曰：'尔以玉为宝，我以不受子玉为宝。'是鄙人欲玉，而子罕不欲玉。故曰：欲不欲，而不贵难得之货。"

鄙人珍璞玉，子罕贵无贪。
怀璧乡关迥，奉纳免不堪。
攻治易金复，春秋传美谈。
云施丕大德，概节上层岚。

读扬雄《法言·学行》_(三首)

傅根清

学　行

异说纷纭何所从,高贤模范辨穷通。

群星闪烁终微蔑,日月焜煌自郅隆。

务学求师当大道,覃思会友醉春风。

如斯逝者唯流水,满渐知行看晓鸿。

修　身

人性太初善恶蒙,修身立义教敷功。

力行强学终生事,知命乐天道不穷。

问　道

　　扬子曰:或问道:"有因无因乎?"曰:"可则因,否则革。"或问无为,曰:"奚为哉! 在昔虞夏袭尧之爵,行尧之道,法度彰,礼乐著,垂拱而视天下民之阜也,无为矣。绍桀之后,纂纣之余,法度废,礼乐亏,安坐而视天下民之死无为也乎?"

道之因革视然否,夏禹绍袭汤武修。

民瘼历心山海富,邦宁本固敬天休。

读《晋书》（五十首选十）

傅根清

羊　祜

躬逢季世怀先识，审势沈思远二曹。
执掌枢机谋慎密，经营江汉鹤鸣皋。
交和陆抗敦诚信，名讳无称见德操。
令望岘山风景异，登临堕泪卷松涛。

晋武帝

勋承父祖展鸿猷，宇量宽仁法度修。
决算深衷獯虏削，奋筹远略越扬收。
斯文腾贵洛阳纸，风教广敷戎狄陬。
懵子羊车何昧瞀，太康盛世付东流。

王　导

历代有不少人，批评王导。陈寅恪说："王导之笼络江东士族，同一内部，结合南人北人两种实力以抵抗外侮，民族因得以独立，文化因得以续延。不谓民族之功臣，似非平情之论也。"诚公允之论也。

鉴识清渊明大体，调和南北奠根基。
冲虚约己推分澹，端靖育人化俗迷。
陋室倾心愁雾散，新亭变色楚囚批。
秦淮纤曲乌衣巷，江左风流王谢齐。

杜　预

博学多通兼武库,坦言三立透颖锥。

万机损益人交誉,体国宏猷望自威。

立沜修渠称杜父,居安备险太平规。

耽思左传成清癖,集解千秋玉屑霏。

阮　籍

落拓心期震八荒,苟全无妄履冰霜。

酒酣避忌非才识,恸哭穷途实怆伤。

白眼凝寒青眼怿,忧生隐恻表微光。

周旋委屈庸儒态,濯足沧浪效老庄。

读《晋书·桓温传》

桓温,字元子。东晋政治家、军事家、权臣。以其有"不臣之心",房玄龄在监修《晋书》时,将其与反臣王敦并列一传。此等做法,难称公允,然影响深巨。庙堂之臣,孰敢对"心窥舜禹"之人以客观评价?此自是谁也无法避免的历史局限。

风概卓奇独倚栏,枕戈泣血刃凶奸。

志匡社稷三征战,欲弭朝纲七事抟。

君主懦庸殷谢沮,能臣激越角声残。

玄龄毕竟庙堂客,臧否千秋元子寒。

温　峤

五马浮江晋祚危,太真蹈义剑书随。

陟登廊庙抒慷慨,抗击枭凶振国威。

奏议经维天下计,羽书韬略稷狐悲。

建康莫道无才略,千古临安叹岳飞。

陶　侃

出身寒鄙素襟贞，慎密勤敏矩则明。
砖甓腾移河洛志，竹头山积蜀船钉。
用兵因利兼从善，规饬以信更尽情。
都督八州知止足，推贤匡主棹歌声。

王羲之

初入江南爱剡中，流觞曲水绿蚁浓。
无心廊庙难辞俗，有意鉴裁不见从。
博览钟张研体势，穷观许洛豁襟胸。
浮云出岫瑰姿逸，焕若神明百代宗。

陆　云

清正云间陆士龙，凤雏令誉满吴中。
浚仪理乱青锋露，百姓追思德望隆。
事晏陈怀匡弊政，随颖忤旨泣途穷。
危邦衔美终非所，智不逮言百虑空。

读徐超先生《大美汉字》

傅根清

殷龟周鼎发天光，典册高文美玉藏。
蕴奥覃研三昧悟，渊源溯测六书匡。
登高必自盘基始，行远须从足下骧。
深入难乎难浅出，仰观俯察话寻常。

读遵衡兄《白云苍狗》散文集

傅根清

披读白云苍狗集，凝魂骇汗晓窗凉。
微山水拍清风振，喀什雪拥旌旆扬。
宦海浮沉敦校训，人情冷暖履秋霜。
丈夫落落和田玉，常节不移杜若香。

梦遇王蒙先生

傅根清

神游窈妙太虚境，瑞彩斑斓见巨公。
拾级同登冈坂路，随肩谛味杏花风：
管窥蠡测无根论，知著审微有致功。
澳迤燕谈倏数载，何当聆教白云通。

谒金门·寿杨自俭先生

傅根清

春不老，细数花风又到。
杏坛耕耘卅六年，人间桃李笑。

海大人文三院，后生仰君怀抱。
如龙似松风骨俏，齐鲁青未了。

沁园春·贺管华诗院士八十大寿

傅根清

齐晋要津，孕育精神，潜滋杰操。
历破碎山河，身灵凋敝；
风云际会，就学波涛。
苦读寒窗，杏坛砥砺，
属意苍生志向高。
徜徉处，奉海洋药物，独领风骚。

秉钧海大超纪，崇取则行远鹤鸣皋。
海纳百川，遍搜贤俊；
捷登阆苑，躬摘蟠桃。
飒爽丰姿，廉棱标致，
长对丹霞万里滔。
青如许，与虬松修竹，定岁寒交。

挽文圣常院士

傅根清

文质彬彬一丈夫,圣怀郁郁水云区。
常思海浪存能量,先念波涛不我虞。
生当人杰东方白,千状万端风景殊。
古木逢春桃李秀,江山锦绣化灵枢。

追思董公治安先生

傅根清

高门涵育烛机先,步武前修事简编。
两汉垂文心血沥,子书渊海梦魂牵。
提携后学无遗力,丕振鸿芬有愀绵。
謦欬经年犹在耳,儒风道骨翠微烟。

悼邹卫宁先生

傅根清

惊闻噩耗难为信,犹忆谦谦君子容。
平淡未尝衔薄酒,真知频见汇西东。
讲台三尺殷勤意,学子感怀解愠风。
天地不仁召唤促,人间冷落矗哀鸿。

悼"天眼之父"南仁东先生

傅根清

水木清华精素业，江河万里壮襟胸。
中原板荡沦幽寂，华夏云开御浩风。
踏遍青山腓股瘦，铸成天眼齿牙松。
英雄落幕归丘壑，仁爱南公斗柄东。

卜算子·咏梅苞

傅根清

候入仲冬深，依旧寒威浅。
叶落枝头已蕴苞，疏影堪怜见。

遥忆越山青，梦断吴音远。
庾岭幽姿不染尘，徒羡南飞雁。

鹧鸪天·霜降

傅根清

风卷旻云朔气凉，波翻细浪耀流光。
远岚霜叶呈姿彩，篱菊更添一点黄。

凭槛望，雁南翔，传书可便过横塘？
自珍莫忘冬衣授，且把清尊润庾肠。

探芳信·丁酉自寿

傅根清

夜寒重,看瑞雪飘零,琼枝挂凇。
整羽衣推户,闲庭谁人共。
缓车归客无颜色,露冷长街冻。
念云天,寂寞嫦娥,锦衾香拥。

还记越溪曲,牧牛放清歌,丘壑劳动。
明湖佛山,阅泰岱,力追梦。
涤心须用崂泉水,洗却浮生痛。
竹林游,最喜园蔬自种。

如梦令

傅根清

镇日书斋兀坐,坟典何曾勘破。
遍检旧文章,几许可堪流播。
无那,无那,姑且园亭高卧。

霜天晓角

傅根清

琴岛无雪，飞赴白山巅。
兴在山野深处，人迹少，尽素洁。

寒彻，循故辙，炊烟升曲折。
香入旅人心里，肴馔美，酒浓烈。

清平乐·冰雪大世界

傅根清

天寒地冻，冰雪幽姿弄。
玉砌楼台来彩凤，慈悲菩萨清供。

龙城火树银花，游子逐梦天涯。
且待骅骝老去，东山眺望烟霞。

西江月·窗梅初苞

傅根清

陌上层林尚冻，山前残雪初融。
翩翩喜鹊舞东风，欲探梅花绮梦。

梦绕孤山放鹤，情归驿外寻踪。
冰肌玉骨一枝红，檐角暗香浮动。

小重山·丁酉端午

傅根清

艾草菖蒲户户香。
榴花纷效瑞，贺端阳。
龙舟竞渡碧波长。
争先进，浩荡过横塘。

世事须思量。
灵均沉汨罗，暮江苍。
离骚千古绕河梁。
纫兰者，万载亦芬芳。

忆江南（四首）

傅根清

春

江南好，烟柳绽鹅黄。
燕子衔泥每掠水，
农夫荷笠独分秧。
惊美水云乡。

夏

江南好，绿水映荷花。
少女浣纱盘翠钿，
后生抱布弄芦笳。
相爱趁年华。

秋

江南好，击棹唱吴歌。
绿水盈盈羞越女，
青山历历悦欢哥。
霞彩映颜酡。

冬

江南好，琼屑洒红梅。
戏雪少年呵冻手，
偎炉老叟啜新醅。
游子几时回？

双调望江南

傅根清

戊戌除日，恰逢立春，佳节同臻。院楼值日无聊，因袭《望江南》句式而双调之，以慰蓴鲈之思；句中平仄，则不拘拘于律矣。

腊鼓催，隐隐似春雷。
远陌近郭闻爆竹，瑞猪已逐金犬来。
拟向凤凰台。

歌白雪，且泛流霞杯。
为问春踪著甚处，暗香墙角半开梅。
胜景贵清裁。

满庭芳·早春

傅根清

清晓推窗，依稀冰雪，轻风拂面寒侵。
穿篱啼鸟，生意满园林。
正旦牡丹绿萼，到而今，粉凋叶深。
春烟霭，移栽庭院，朝夕沐甘霖。

冬威能几许，幽兰勃发，一片芳心。
看街头少女，笑语贯珠音。
只盼楚氛散尽，会亲朋，踏遍云林。
还须有，欢歌曼舞，斗酒豁胸襟。

癸卯除夕咏兰花并序

傅根清

几年前购得一盆墨兰，放置在庭园角落，任凭雨打风吹，一直没有开过花，不以为意也。今年为换花土，并施花肥，移置书房，亦不以为意也。前数日偶尔谛视，竟然发现长出了若干花剑。除夕之日，乃有数朵绽放，喜出望外，是不能无咏也。

本在空山窈窕乡，烟岚雾壑独芬芳。
灵均纫佩孤贞喻，墨客讴吟修洁忙。
一寸丹心须自保，三余图典细推详。
梅兰竹菊称君子，取则天然意兴长。

风入松·战疫

傅根清

春寒遥望黄鹤楼，心事几时休。
樱花浪漫东湖碧，忆旧年，何等风柔。
历历晴川玉树，萋萋芳草汀洲。

眷言庚子楚江头，疫情举国忧。
催人征鼓频来急，逆行师，敌忾同仇。
且待瘟君克灭，琴台共泛金瓯。

酹江月·抗疫

傅根清

龟山雾罩,灯明灭,不见盘龙英物。
疬疫冬瘟肆虐,顷刻荒城颓阙。
黄鹤凄凉,东湖黯寂,风涩江凝噎。
堂堂华夏,庸材枉作人杰。

岁除南北援军,逆行万里,属陆空齐发。
速建火雷神病院,展拓方舱隔绝。
应勇忠林,临危受命,众志坚如铁。
愁云散日,共看荆楚朗月。

癸卯父亲节忆父

傅根清

奄沦不觉超双纪,严训时常入梦田。
露饮风餐营日月,夙兴夜寐送流年。
芝兰玉树何尝望,鸿雁将雏岂谩怜。
风木之悲谁得解,青山绿水路三千。

莺啼序·寿妻六十华诞兼贺荣休

傅根清

初夏岛城最好，有樱桃红透。
最堪喜，胜友高朋，契阔谈宴如旧——
历山下，欢歌笑语，阑珊滴尽莲花漏。
听金声玉振，何嫌酒醑室陋。

甲子仲秋，鲁都曲阜，有暗香盈袖。
周公庙，稽古摩碑，依依话别搴柳。
燕山隅，衷情倾吐，芳心动，愿长相守。
托雁鸿，诉尽悠思，共天地久。

缔结秦晋，三纪濒临，濡沫长携手。
慨当年俸薪菲薄，还须养舅将姑，捉襟见肘。
购书囊罄，山寒水瘦。
贫穷不坠凌云志，讲台前，李艳桃花秀。
相夫教幼。
可怜黛鬓成霜，奕奕流晖林岫。

花开花落，云卷云舒，福泽冈陵厚。
君不见——
昆仑潜岳，禹渎秦川，四海五洲，风光锦绣。
香车宝马，缓步平走，
青山踏遍人未老，且诗情多处常延逗。
叮咛唤取啼莺，传语前途，殷勤迎候。

点绛唇·丙申岁除抒怀并贺众亲友

傅根清

日暖寒轻,金猴欲去乡思骋。
蜡梅清景,窗外诗情迥。

丹凤将临,往事当三省。
光阴迫,更须英挺,莫待黄花冷。

西江月·初探外孙女

傅根清

一片芬芳世界,几声鹊语林端。
满心欢喜见芝兰,胁下平生紫电。

托举祖孙相视,钟怜郁勃萦蟠。
春风化雨染云笺,自此嘉宁无算。

青玉案·贺团团周岁

傅根清

桃红柳绿芳菲遍，
正荏苒，春方半。
去岁呱啼萦耳畔。
熏风一度，卿云绚烂，
学步咿呀乱。

华堂今日开绮宴，
美酒珍馐罗玉案。
笑语欢歌同祝愿。
谢家咏絮，溪亭争渡，
都作寻常看。

辛丑初雪·集唐宋人句

傅根清

某素喜雪。今朝积阴，偶有飘雪，虽甚小，亦聊胜于无。因集唐宋人句以志喜。

落雪临风不厌看（唐·可　止），
软红光里涌银山（宋·杨万里）。
如今好上高楼望（唐·高　骈），
只守冰姿度岁寒（宋·楼　钥）。

辛丑冬至，集唐宋人句以寄怀

傅根清

十一月中长至夜（白居易），
色香俱静更何加（张　镃）。
醉里不知身是客（李　煜），
酒阑无奈客思家（欧阳修）。

百年文史群贤歌并序

刘怀荣（文学与新闻传播学院教授）

  余执教海大未久，躬逢百年华诞，幸何如之。回首校史，文史名家众矣。"酒中八仙""五岳""八马"诸前辈，著作藏兰台，美名传人间，皆学林俊士、后学典范。今姑依一年十二月之数，作《百年文史群贤歌》，咏歌十二名贤，盖举佼佼者以概其余也。笔力不逮，聊表尊仰之情云尔。

巍巍崂山自古今，看看潮落又潮生。
学府回眸所来路，地灵人杰斗峥嵘。
八方才士来相会，英姿飒爽意气豪。
挥毫泼墨笑谈间，品文讲史领风骚。
玉君纸贵开风气，四重长校有主张[1]。
畸人侔天唯低调，戏剧文字两擅场[2]。
三美铸就新月魂，八斗才雄见深情。
开山引凤留奇迹，诗骚唐韵一灯明[3]。
心底深流重独见，萨翁东方知己奇。
才情趣足花一朵，最是酒酣耳热时[4]。
齐飞比翼著诗史，博学祭酒美名扬[5]。
高文典册传世多[6]，乐府杜诗事业长[7]。
俪体四家年最少，巧思妙笔三绝才。
钟情崂山最难忘，时命不及令人哀[8]。
耿介拔俗旅行频，根底小学又旁通。
溯流探源研古史，神话宗教开新风[9]。
宗周礼乐论议精，量子与熵说时空。
智兼多门境自高，一代宗师是杨公[10]。

史地探古写春秋,画瓷经济一囊收。

过目成诵也迷途,羡君天禀替君忧[11]。

八仙杯里性情真[12],五岳峰头眼界宽[13]。

骐骥千里争先路[14],名山述作满人寰。

我辈才不望项背,驰驱敢不效前贤。

春风百年化好雨,万畦花林寿南山。

附 注:

[1] 1925 年 2 月,杨振声发表中篇小说《玉君》,一年内再版两次,有洛阳纸贵之影响。任国立青岛大学校长期间,他重师资、重设备、重质量、重人才的"教育四重法"的治校方略,为后来国立山东大学的发展奠定了良好的基础,也成为中国海洋大学的优良传统之一。

[2] 赵太侔,原名赵海秋,又名赵畸,字太侔。其名、字取义于《庄子·大宗师》:"畸人者,畸于人而侔于天。故曰:'天之小人,人之君子;人之君子,天之小人也。'"意即畸人不合于世俗,却合乎天道。赵太侔为国立青岛大学教务长,后接替杨振声任国立山东大学校长。为人低调,沉默寡言。他留美期间,在哥伦比亚大学攻读西洋文学,专攻西洋戏剧。20世纪 50 年代后期,致力于汉字改革研究,著有《汉字改革方案》《汉字新法打字机拟议》等。

[3] 新月派,又称"格律诗派"。闻一多在《诗的格律》中提出的"三美",即"音乐美、绘画美、建筑美",是其理论基础。闻一多艺通多门、才华横溢,在担任国立青岛大学文学院院长的短短两年时间里,广揽人才,为学院发展作出了重要贡献。其《诗经》、楚辞及唐诗研究的部分论著,也在这一时期取得了重要突破。

[4] 梁实秋主张"文艺是少数天才的独创",认为"从人心深处流出来的情思才是好的文学"。他耗时近 40 年,翻译了《莎士比亚全集》,是莎士比亚的"东方知音"。梁实秋不仅才气纵横,也重视文学和人生情趣。当年在国立青岛大学任教时,他也是著名的"酒中八仙"之一。冰心说:"一个人应当像一朵花,不论男人或女人。花有色、香、味,人有才、情、趣,三者缺一,便不能做人家的一个好朋友。我的朋友之中,男人中只有实秋最像一朵花。"

[5] 冯沅君、陆侃如夫妇均为中国古典文学著名学者，并都担任过青岛山东大学副校长。二人比翼齐飞，是现代学界少见的志趣相近、成就突出的伉俪。

[6] 高亨是著名的古文字学家、先秦文学、文化和文献学家，著述丰富。1963 年 10 月至 11 月，他受邀参加中国社会科学院哲学社会科学部第四次委员会（扩大会议），受到毛泽东的接见。此后他将《诸子新笺》《周易古经今注》等著作与《水调歌头》词作分两次寄赠毛泽东。1964 年 3 月 18 日，毛泽东给他回信。信中称："寄书寄词，还有两信，均已收到，极为感谢。高文典册，我很爱读。"其寄赠毛泽东的《水调歌头》词曰："掌上千秋史，胸中百万兵。眼底六洲风雨，笔下有雷声。唤醒蛰龙飞起，扑灭魔炎魅火，挥剑斩长鲸。春满人间世，日照大旗红。抒慷慨，写鏖战，记长征。天章云锦，织出革命之豪情。细检诗坛李杜，词苑苏辛佳什，未有此奇雄。携卷登山唱，流韵壮东风。"

[7] 著名乐府文学史家、杜甫研究专家萧涤非，著有《汉魏六朝乐府文学史》《乐府诗词论薮》《杜甫研究》《杜甫诗选注》等。他主编的《杜甫全集校注》，于 1978 年立项。1991 年萧先生去世后，在张忠纲教授的主持下，该书于 2014 年由人民文学出版社出版，为杜甫全集整理的集大成之作。

[8] 黄孝纾（1900—1965），字公渚、頵士，号匑厂（庵），别号霜腴、辅唐山民、灌园客、沤社词客、天茶翁等。他以骈文名著当时，近现代著名词论家冯煦（1834—1927）把他与李详（1859—1931）、孙德谦（1869—1935）视为骈文三大家（见刘承幹《匑厂文稿序》，江宁蒋氏湖上草堂丛刻之一）。钱基博则在三大家之外，又加上刘师培（1884—1919），是为骈文四大家（钱基博《现代中国文学史》，傅道彬点校，中国人民大学出版社 2004 年版，第 90—124 页）。钱先生还说："孝纾亦善画、工诗、善倚声，有三绝之誉。"（钱基博《现代中国文学史》，傅道彬点校，中国人民大学出版社 2004 年版，第 124 页）黄孝纾酷爱崂山，著有歌咏崂山山水之美的《劳山集》（包括《东海劳歌》《劳山纪游集》《辅唐山房猥稿》三部分），其中的《劳山纪游百咏》，每首配有山水画。他于弱冠之年，"承袭严忌一赋之旧名，用庾信《哀江南赋》体，兼步其韵"（《哀时命赋》序），作《哀时命赋》，一时传诵大江南北。而他自己晚年之时命，亦不免令人哀伤。

[9] 丁山辗转于中央研究院历史语言研究所、中央大学历史系、山东大学中文系（1933 年 8 月—1935 年 7 月）、四川大学历史系、山东大学中文系

（1937 年 8 月—1938 年 8 月）、东北大学史学系、西北大学史学系、中央大学史学系、东北大学史学系、四川大学史地系兼齐鲁大学历史系、南京大学补习班历史系、暨南大学史地系、山东大学中文系（1947 年 8 月—1952 年 1 月）等高校和研究院任研究员和教授，被李济戏称为"旅行教授"。其人耿介拔俗。其学以小学为根底，精通经学，致力于重建古史体系，在神话、宗教研究方面，别开生面，成绩斐然。

[10] 杨向奎历任山东大学中文系主任，历史系主任，文学院院长，《文史哲》创始主编。1957 年调入中国科学院历史研究所（现中国社会科学院中国历史研究院）工作，任研究员、所学术委员会主任等。他是著名历史学家、教育家、物理学家、红学家。在中国社会史、经济史、思想史、学术史、历史地理等多方面均有不俗的建树。其《论时间、空间》《熵与引力》《未来的理论物理学：量子与熵——二进位的数字表达式》《关于数理逻辑中的悖论》《人生境界论——自然空间与理性空间》等哲学和理论物理学论著，也深受学界重视。

[11] 童书业长于先秦史研究，兼治中国绘画史、瓷器史、经济史、手工业商业史和历史地理。著有《春秋史》《中国疆域沿革史略》《中国手工业商业发展史》《先秦七子思想》等。他有过目不忘之才，但在青岛工作期间，却留下了迷路回不了家的佳话。

[12] 国立青岛时期，杨振声、赵太侔、闻一多、梁实秋等人，号称"酒中八仙"。梁实秋说："此地（按：指青岛）虽无文化，无妨饮食征逐。杨金甫、赵太侔、陈季超、刘康甫、邓仲存、方令孺，加上一多和我，戏称'酒中八仙'，三日一小饮，五日一大宴，不是顺兴楼，就是厚德福，三十斤一坛的花雕搬到席前，罄之而后已。薄暮入席，深夜始散。"见梁实秋《谈闻一多》，台北传记文学出版社 1987 年版，第 97 页。

[13] 青岛山东大学时期，古典文学研究大家冯沅君、陆侃如、高亨、萧涤非、黄孝纾有"五岳"之美誉。

[14] 20 世纪 50 年代，青岛山东大学历史系杨向奎、童书业、黄云眉、张维华、郑鹤声、王仲荦、赵俪生、陈同燮等八位教授，名重一时，各有专长，被誉为"八马同槽"。

魏　晋

韦春喜（文学与新闻传播学院教授）

乙亥仲秋，余授课完毕，适值某贤俊缅怀魏晋风流，索诗一首。特作此一绝赠之。

挥麈长啸清风林，纵酒把文无声琴。
羽化名士归何处，东山至今闻清音。

战　疫

韦春喜

疫毒横行罩汉城，南山峻屹树华旌。
春雷奋作寒冰破，撒遍九州樱花情。

壬寅春日观海有感

韦春喜

但愿人生无屑事，闲望华阵映晴空。
风云四季三春过，霁海八荒六合同。

辞旧迎新诗

韦春喜

除去经年晦，聊把窗户开。
日暾碧波上，弥照净尘埃。
斗酒时常携，墨书海啸台。
一元更复始，万象又重来。
寄语闲轩客，烟霞可持裁。

赋仙指花

韦春喜

　　仙指花，其名甚多，亦称接骨兰、圣诞仙人。因其叶形类蟹爪，故俗称蟹爪莲。余书房内植仙指一林，冬日繁华簇簇，艳丽婀娜。其态优美，其华艳雅。窗外，万物肃杀，冬雪偶飘。于此时也，睹此天生丽物，让人顿生怜爱之心。冬日春色一点，能无感乎？特赋此诗：

谁言冬煞褪繁华，忽见天女散锦霞。
玉指抚研娇嫩色，柔晖掩饰素颜葩。
菊萧愧色重阳尽，兰疏见羞仲春芽。
独处不生私占意，铺陈尽向众人夸。

我与海洋的约定

郭子悦（文学与新闻传播学院办公室）

十七岁
我与海洋的约定是整夜不熄的台灯
是笔下流转的墨香
是如浪花般翻动的卷子
那是我奔向你的模样

十八岁
我与海洋的约定是镌刻姓名的红纸
是满怀憧憬的扬帆
是打湿蓝色迷彩的汗水
那是我投身你的模样

二十一岁
我与海洋的约定是挥别家乡的车站
是朝乾夕惕的奋斗
是下班路上黑夜慷慨赠予的月光
那是你再一次选择我的模样

三十一岁
我与海洋的约定是十年不变初心
是你亮了百年的红烛
是我看不倦的漫漫樱海
是读不完的百年风云
是你桃李万千，风禾尽起

承蒙不弃——今天
我想再和你拉钩，许下如旧的约定
海洋，我爱你，一百年不变

致一多诗歌中心主任于慈江教授

刘文斌（数学科学学院教授）

其一

在闻一多旧居
以闻一多名义
高高举起一面旗帜
沿着诗歌的道路前进
你是旗手和领路人

多少期许筑就使命
要面对和承担
在曾经人文荟萃的地方
今天的青岛
你会不会孤独
来自国内外的目光说
不，不会。

其二

哪里有于老师
哪里就会有诗歌
哪里就有激情的生活

如果有大海
没有诗歌
大海也会寂寞

曾经的闻一多
谁来接驳
今天终于有了结果
只是时间太久
失去的太多

梧桐小路

刘文斌

仰望蓝天看白云游走
面向大海听潮起潮落
海洋大学梧桐树
不屑一味高枝上攀
用苍老的躯干
支撑枝繁叶茂的巨伞
呵护一块净土
一条幽静的小路
守望学府杏坛

一百年究竟有多久
一百米究竟有多长
可以用年轮
用脚步去丈量
但你是否知道
这条看似平常的小路
承载多少辉煌

闻一多王统照
洪深老舍文圣常
等等等等
人们耳熟能详的
文化科学巨匠

曾在树下歇凉
一代代的海大学子
无一例外地
曾经或正在小路徜徉

今天踏在前辈足迹上
我用虔诚的心
逐一拥抱这大树之王
聆听它们诉说

我们是欧洲
美洲大陆的种子
在这片泥土扎根成长
这就是我们唯一故乡

我们是最老居民
历经和目睹了岛城的
风云变幻、岁月沧桑
我们热爱这片土地
和山海大地母亲一样
让美丽的青岛
美丽的海洋大学
更加美丽

瞭　望

刘文斌

如果面朝右手方向
是一路樱花
烈火燃烧似的怒放
花枝招揽行人
热情的花朵贴在面庞
海大版的花儿与少年
不输青海草原

当你的目光正视前方
越过流彩的空旷
停留在碧绿环抱的山岗
那是梦里的童话世界
古堡窗前的公主
是否也在远眺
这里有白马王子的张望

当你再左转方向
越过一片欧陆风情的荡漾
停留在海天壮阔
如诗如画的海湾上
有一把利箭
指向大海的远方

它告诉你去远航
理想只在眼界到达的地方
百年海大的信仰
谁能立壁千岩
我得天独厚
海之滨山之上

八关山

刘文斌

像个腼腆的孩子
隐藏在岛城众山之中
矗立在大学校园里
默默无闻
是谁埋没了你
临海登高
俯瞰满城风光的优势

你荒芜幽静原始
人迹罕至
熙攘喧嚣闹市里
难得的静土
是乐山乐海的
智者仁人的好去处

沿苍松护拥的小路上行
越过一片黄花地
悬崖止步到山顶
几块勉强立足的岩石
就是观景台
可千万要当心

谁不曾梦想临高观沧海
看日出日落的壮丽
谁不愿欣赏
浪漫满城的欧陆风情
这里都有
且大概率是一人世界

可以抒山高我为峰的
豪迈情怀
或品尝遗世孤独
睥睨滚滚红尘的清欢
也可以思索
天地之变、日月之行
这里是难得邂逅的地方
以美以静洗心

创造村

刘文斌

说你是个村
名副其实
八关山麓十几户人家
有梧桐洋槐掩映
出门见海

既不渔猎也不桑麻
冠以何名
有高人赋予创造二字
深藏何意
猜者一头雾水

不过从这几亩地
先后走出十多个博士
漂洋过海
产出密度堪成奇迹
是否可见端倪

它揭示一个
不是秘密的秘密
创造是海大人的灵魂
潜移默化
作用在这小小的校中村

日出日落的每一天
村里的孩子
目睹的是翩翩学子
以及教授院士
孜孜不倦地专研学习
得天独厚的环境

有个名叫海大的巨轮
在时代的海洋里破浪前行
百年后再启航
她不会忘记
校园里一个默默角落
命名的初心

百年海大颂

刘　斌（语言文字工作办公室）

岁至期颐海大强，谋洋济国创辉煌，
千川得纳人才旺，林立帆樯再启航！

十年海大缘

刘　斌

十年风雨崂山苑，岁月悠悠情意长。
与有荣焉来聚首，投身海大铸华章。

海大中文人

徐　妍（文学与新闻传播学院教授）

海大中文人属于同一族类，享有共同的精神语码。

海大中文人是明亮的，同时自带忧伤；是激情的，同时也是韧性的；是梦想的，同时也是务实的；是修辞的，同时也是立诚的……他们特别追求对现实世界的超越和批判，同时更追求对现实世界的关怀和建设。

这耐人寻味的悖论或许正是追寻理想主义的海大中文人的宿命！海大中文人的首届文学院院长、国文系主任闻一多先生就是一位宿命而悲情的理想主义者。多少年过后，对于我们这些海大中文人的"后来者"而言，理想主义依然入骨入髓。

有这样一个族类
生如浪花，注定了起伏于大海
却偏偏想成为守护海岸的树
远处的船帆和近旁的沙滩
自然也会不时扰动视线
但唯有那些树、那些树哇
最让人内省神安，有依托感

在山海之间
当山风和海浪心急火燎、满世界狂奔
或化身为噪音或委身于泡沫时
这个傍海而居、一心向树的族类
一代代被传奇地讲述，已达百年
百年里一代代灵魂如剪影般叠现
历经黯黑与火红、浅灰与深蓝、冷与暖

也曾断章般长时段静默

然而在静默中,这一族类的后来者

从未放弃衔接被中断的根性记忆

一寸寸回望,一点点打捞

终于在新世纪的第二个十年

在一个崭新的日子里

鸟,从枝干上长出来

叶,从鸟的翅膀上生出来

断了臂膊的树在梦的故乡里重新开花

虽然花色不再和以往一模一样

但一模一样地芳香

在山海之间

这同一族类从不同的文心腹地出发

或甲骨拓片、孔孟老庄、汉晋隋唐、宋元明清、鲁郭茅巴老曹

或古希腊、古罗马、古埃及、中世纪、东亚近邻、欧美大陆

但都享有相通的语码

心,无声地搏动

血,安静地流淌

与守望海岸的大树一样

深挚地爱恋海水之上的天空

甘心付出生命中的所有热量

首创这一语码的当然不是浪和风

而是一块如戈壁一样沉默又富于激情的顽石

他,是山海之间这一族类的首领

他的面容如五岳一般庄正严肃

他曾述说自己的种族是一条大河

是黄帝的神明血胤
他曾从海上乘兴而来
却又从陆地失望而去
但就在这一来一去的悲喜行程里
他引领着这一族类
谱写了生命传奇的第一乐章

在山海之间
建筑物和广告牌日益无节制地疯长
守护海岸的大树却顾自唰唰作响
哪里都不去，任何人都不羡慕
是我族类，其心必同，不离不弃

学

子

篇

百年海大，你听我说

段怿洁（2022 级食品科学与工程）

惊鸿
你是初遇懵懂的那一眼
红瓦浸染褶皱绸面
是粼粼湖水，缀荷上清露半点
绿树清郁，晨雾装潢眼帘

峰回
你是路口转角的那一现
山辽海阔，最守信的缄默者
雪落沙滩，泪水黏连脚印
串作珠链

豁然
你是天地开阔的那一箭
重逢，却道物非人也非
定睛又见，樱落棠亦落
粉红织就地毯，春日铺开盛宴

你是温柔怀抱，你是宽厚臂膀
明月圆缺，却不再遥远

创作谈：

1. 创作灵感

想要贺百年海大，我想应当谈起与海大的故事。而在我这大学将近两年平淡的求学生涯中，还刚好有一些波澜与海大紧密相连。因此，就选取了我在海大生活的"三段式"，开始了创作。

2. 创作内涵

这首诗分为四段，是以我三次走进海大校园为线串联起来的。

我的求学之路算是波折，因为高中是纯理科生，所以在高考报志愿的时候理所当然地把理工科专业排在前列，也顺利地在海大成为一名工科新生。2022年秋初，初见海大便是在崂山校区。所以，第一段便是写我与海大在崂山的初遇。大学的校园让我觉得很惊喜，校园很大，好几个热情的学长帮忙把我的一大堆行李搬进宿舍。可见最开始我体会到的，就是这样热闹的日子。但也的确太陌生了，一切都是崭新的但也是未知的，我心里的忐忑迷茫比期待更多。早就听闻青岛的"红瓦绿树，碧海蓝天"，这句话我在崂山见证了前半段。虽然后来去过很多景点，但这前半段于我的第一次印证，则是在崂山校区。闲暇的一个清晨，初次骑着电动车闲逛校园，真的美啊！是真正的红瓦绿树。从中海苑骑行一路至西门，再南下，沿着梧桐大道一路走，有一条小河，沿途郁郁葱葱，花木繁盛；再骑行至图书馆附近，更美了，晨阳照耀着映月湖，波光粼粼，像是起皱的丝绸衣料，倒映着屋顶的红瓦；湖上还长有荷花，虽然快败了，但仍是美的。路旁的绿树皆是郁郁葱葱，又给我一种清爽的感觉，好像四周都蒙上一层夏日清凉的滤镜。于是有第一段的一至五行。后来当了班干部，做了很多事情，也上了很多课，但是心里只觉得迷茫、迷茫，除了迷茫再没有其他的好讲。那时候，才深刻地体会到了曾经在网上的帖子里看到的大家初次步入大学的烦恼。我只感觉自己在迷雾里，我究竟想要学什么，我究竟想追求什么？眼前灰蒙蒙一片，挣脱不开。所以就有了第一段的最后一行——虽是清晨，初遇海大，一切都才刚刚开始，但薄雾却笼罩着我，前途如何，我看不分明。

再后来，一年过去，我逐渐看清自己的内心，选择放弃一些过去曾在乎的事情。恰巧大二初始，我们要搬到西海岸校区，我想，这也就当作一个新的开始吧。因此第二段则是描写与西海岸之间的缘分。西海岸的风光是与崂山大不同的。若说崂山是精致秀丽，那西海岸便是辽阔大气，也是那后半句"碧海蓝天"的真实写照。背山面海，从来都是大景观，连同综合体这栋大楼，以及正在修建的体育馆、游泳馆等，也都能看出一些更棱角分明的凛冽气质来，同五分钟就可步行到达的大海上直直扑过来的海风一样直接。虽然生活已经有了不小的变化，但是我仍然觉得自己只是一知半解。随着大二专业课的"包围"，繁重的任务压着我——我不是不能做，只是做得太辛苦，那时候我觉得这里不属于我，我也不属于这里。西海岸很广阔，可是我觉得太空旷；西海岸很安静，可是我觉得太偏僻。我的心理是非常复杂难挨的。那时候太多愁绪了，可是家人离得太远，朋友们又同样忙碌，我自己则没有精力和时间专门找谁去倾诉，也不想倾吐太多负面情绪，只能自己排解。可是心里实在太沉重了，因为我虽然看明白了自己的挣扎与痛苦，但是那时候我没有勇气去改变。无人倾诉，情绪突然上涌的时候，我就会找一个僻静的地方，静静地望着山峰的曲线，或者走到海边；或许自言自语，或许只是在心里沉思。但是不管怎样，那时候的我只能寄情于山海。我想，山海真的倾听了我太多的心声，她们不会回答，但也绝不会透露出一星半点，所以这是我最安心的选择了。因此有了第二段的一至四行。

经过了几个月的挣扎，我终于明白了自己的心之所向，所以我决意在大二下学期，转专业至汉语言文学，重新回到崂山。新年过去，再次回到西海岸，却是到了分别的时候了。那天居然飘起了小雪。我曾心心念念想要看见雪落沙滩的景象，可是一整个冬天我都失望了。没承想，临走竟然了却了心愿。那时候我一个人走到海边，这里还没有人踏足，只有我的脚印印在覆着一层薄雪的沙滩上。在海边的我又一次落泪了，只是这一次并不是因为什么苦恼、什么忧愁，纯然是不舍。虽然大家都戏称西海岸荒芜，但是这时候我才真真切切地觉得，只有这样的西海岸才能容得下我心里的愁绪——夕阳下，山脉清晰可见的巍峨的轮廓；晴天时，走在回宿舍的路上就能望见的湛蓝。这样广阔的空气，倾听着稀释着我的茫然和痛苦。如今我已经好起来了，也望得见前方。回头再看，沙滩上的足迹虽然是孤零零的，但却是我通往未来的证明。因此有了第二段剩余的内容。

再往后，就是大二下学期了，我终于如愿以偿，回到了崂山，开始学习我真正想学的知识。至此，才是真正开始了新生活。因此第三段便是写我与崂山校区的再度见面。不得不说在崂山的活动的确更加丰富多彩，我原本沉闷的心情也在一点点被治愈。我的大学生活好像就此开辟了新的天地。适逢百年校庆，崂山校区又是一番装点，我与她都变化不小。再一次迎来了春日，崂山依旧如同一年前我在这里时一样，鲜花开了一片。虽然花期短暂，落了一地，可是柔软粉嫩的花瓣在草地上铺展开来，又是一片别样好风景。适逢春日盛放，我的春天也正巧来了。于是就有了第三段。

如今回顾起来，在这不到两年的短暂光阴里，母校一次次接住了我。崂山校区于我而言，是温柔的怀抱，安抚我第一次踏入和再一次踏入时的担忧；西海岸校区于我而言，则是可以令人放心的宽厚的臂膀，让我在最脆弱的时候可以靠一靠。我曾说："西海岸的月亮给人一种格外孤独的感觉。你望着她，她也默默悬挂着，但并不能照亮。你觉得，原来真的只有你一个人在路上走着，可是她又陪伴着你。这种陪伴给你一点欣慰，但遥远的陪伴又叫你不知道是什么滋味。"如今我再看明月，仍是月有阴晴圆缺，但此时的我，却不再觉得自己是漂泊无依的一尾水草。月光柔柔，却也照亮了我。

这便是整首诗了。

3. 创作巧思

自我有写这三段经历的打算，就准备将这三者在内容和形式上都联系起来。又想到，若要我用成语分别形容，可以是"惊鸿一瞥""峰回路转"与"豁然开朗"，正好可以作为每段内容与形式的连接。但是直接用成语并不合适，所以我将每个成语只保留前两字，后两字的含义在下一句中用单独一句体现出来："惊鸿"的"一瞥"，是初遇海大懵懂的第一眼；"峰回"而"路转"的契机，是在西海岸显现出的；而最后"豁然"的"开朗"，则是回到崂山之后骤然浮现的新生活与新天地。

除此之外，我尽可能地押了"an"的韵，但是实际上我对于押韵的学习和研究并不多，只能说是因为觉得还算通顺，因此觉得可以用，便用了。还烦请老师指正。

再者，我诗中的多个意象都具有隐含义或者双关义：如"晨雾"，虽然实写了清晨的雾气，但清晨却也代表着大学的初始，而雾气则代表着我心中的迷茫；如"珠链"，虽然是我见沙滩上自己的一串脚印联想到了珍珠项链，但也是代表我将在过去看到会觉得代表着我的孤单的这一串脚印，转而视作了我珍藏的记忆，如同莹润的珍珠项链，戴上便成为我难忘又独特的值得珍藏的饰品；如写花落，其实崂山校园中的鲜花并非只有樱花与海棠，但是之所以写这两种花，是因为在崂山校区有"樱花大道"和"海棠大道"；如写春日，既是实写春日景，也是暗指我的生活又迎来了新的春天、新的开始；再如"明月"，明月的圆缺既是实写，也意指我的生活往后注定还是会有起起伏伏，但今时早已不同往日。

4.总结

能有这样的一个机会,细细梳理我步入大学以来的日子,以及我与海大之间的情分,实在是非常难得的。我庆幸自己能够在一些夜晚静下心来,心无旁骛地回顾和思考这些日子。虽然轻舟还未过万重山,于我而言仍是路漫漫,但是至少现在得以重见光明,我已经心满意足。如今要做的,只需尽全力为自己博一份未来。而在这个过程中,我与海大仍然相伴左右——我能够见证母校的百年,也是相当幸运的事情了。

踏海凌波　寻觅真玉
——纪念海大校友徐中玉先生

江心妍（2021级汉语言文学）

百年山河，岁月斑斓
自江阴之地赴青岛海滨
跨越千山万水与艰难晦阴
只为胸膛中跳动的温热的心
未来，还有多长
未来，就在前方

我听见芭蕉叶下笔尖摩挲
一笔一画、横平竖直
那是文人血脉，笔墨留香
我窥见演讲台上慷慨身姿
神采奕奕、眼怀星河
那是学生意气，敢换新天
我看见先锋队中坚定的身影
红旗飞扬、呐喊生威
那是少年无畏，民族曙光

埋头苦读，只为搭建知识桥梁
通往真理殿堂；昂首前进
全力燃尽华夏热量，成为家国脊梁
谁言学生不足以成大器
谁道文人只有浅道行

花样年华绽放于书房
亦灿烂成每个角落的辉光
向上、向上，发热、发光

珍视爱情与友情，期冀光明和自由
失落的芭蕉集飘散在历史长河
却在某一个瞬间，点亮了一整片宇宙
一朵翻滚着的浪花，带动了惊天汪洋
海之行远。未来，通往何方
此刻，便是未来

创作谈：

　　与徐中玉先生的相识，是在大二上李莹老师的专业选修课《文学青岛研究》上。当时我们要选择一位学者进行资料的收集。在翻阅资料时，我被徐中玉先生所写的一句话打动了："我重视人类的爱情，友谊，光明和自由。"在阅读这句话时我深受感动，我也深刻地感受到，文学史上那些赫赫有名的学者并不是离我们非常遥远的角色。他也曾和我们一样，都只是一个对文学抱有热爱的学生、对家国怀有一腔热血的爱国者。凭借这样的敬佩与憧憬之情，我写下了粗陋但饱含深情的文字，来描述我心中的徐中玉先生。

　　徐中玉先生既是 20 世纪 30 年代国立山大学生进行新文学接受的典型个例，同时他身上对于文学的热爱、现实的重视与积极投身社团与实践活动之中的热情，皆值得当今大学生学习与借鉴。纵然巨星已陨落，但前辈之火仍熠熠生辉，引领着一代代学生在为家国效力的过程中绽放花样年华。在我的心中，徐中玉先生是海大百年来众多师生的形象缩影。他既和我们一般是在校读书的学生，同时他也并非"一心只读圣贤书"，不关心国家大事。相反地，他积极活跃在各个革命活动的前沿，他让我明白了学生与文人，同样可以为社会作出自己的贡献。

　　诗歌开头便描述了徐中玉先生自江苏江阴地区来到山东青岛读书的经历。虽然有很多的艰难，但为了自己的文学梦想，徐中玉先生都无所畏惧。第二段则截取了三个徐中玉先生的事例，来描绘徐中玉先生所作的贡献与不同的形象。在课堂之上,他是认真专注的好学生,借笔纸书写文人风骨、青春色彩;在社团活动里,他是积极活跃的组织者,为同学们提供说话表达的平台;在民族解放先锋队中,他是不畏困难的前进者,为家国发出属于自己的呐喊之声。

第三段与末段,则表达了我对于徐中玉先生的敬意,以及对"学生作家"于学校乃至家国贡献的思考。《芭蕉集》是徐中玉先生重要的作品之一,为其在海大读书期间所写的作品合集,但却未能保存至今。虽然这部作品我们而今无法亲眼欣赏,但蕴含在其中的精神将永远激励我们不断探索、砥砺前行。

探寻前辈之火,照亮前行之路。在我的心目中,徐中玉先生更像一个学长,带着笑容注视着海大后代的学弟学妹们;也启迪着后代的海大文新学子前赴后继,为祖国奉献自己的青春与热血。这是属于徐中玉的故事,也是海大学子、海大文人的故事。而今有些人总言"文学无用",徐中玉先生以及海大百年以来的文人大家便很好地证明了文学的力量。他们以笔为武,划破黑暗长夜;他们冲在前线,点燃海大火焰。时光中的他们依然指引着后辈、照亮着后辈,前辈之火仍熠熠生辉,引领着一代代海大学生在为家国效力的过程中绽放花样年华。

涛涛"百"浪　育树成才

江心妍

浪

向着那

广阔世界奔涌

虽诞生于文化荒岛

却也坚信能够花开遍野

除了遭受狂风暴雨惊雷袭扰

也曾在黑暗的幽深之中流下眼泪

但海洋用温柔的手掌轻抚浪花们的身体

那抹明亮蓝色指引前行的路无畏风雨披荆斩棘

你是否听见海鸥的鸣啭那是学子放飞理想的戏剧舞台

你是否看见挺立的雕像那是凝铸文人血脉的三次人文辉煌

海洋舔舐着浪花的眼泪默默陪伴着它们度过艰难与自我否定的岁月

但海洋也知道浪花的付出知道它们每次擦干眼泪之后重新站起来的勇气

樱花大道下飘落的花瓣见证过它们披星戴月地前行那是青春绽放最好的模样

映月湖旁纤细的柳树无声陪伴着它们度过那些自我怀疑又坚持到底的璀璨岁月

海洋无边岁月无声

百年风云波澜壮阔

我们是海可纳百川

浪翻波涌取则行远

新的浪花汇聚成海
波光粼粼永远翻卷

创作谈：

大二学年,我曾上过于慈江老师的《英诗的中译:细读与诵读》。当时有一首诗歌令我印象深刻,一反之前的常规诗歌排版,而是将诗歌排列成了树的模样。当时,便觉得十分新奇。此时也十分感谢有这个机会,能让我斗胆模仿借鉴。如有不足之处,还请老师批评指正。

整首诗歌按照一棵大树的形式排列,意为百年前的一颗小苗,如今已长成了参天大树,焕发着耀眼的生机。诗歌的内容主要分为三段,"初期建立""中期发展"与我们所处的现在。

初期建立之时,青岛时常被认为是文学发展贫乏之地,也曾被戏称为"文化荒岛"。但细细观之,可见文化绿洲于此间肆意生长,如学生作家这一独特的领域。大学作为培育新青年的第一阵线,往往为学生提供了众多接触新思想、进行新文学创作的平台。国立山东大学于青岛,便是这样的培育人才阵地。大学生在当时,是最富有朝气、蓬勃向上的群体。他们之于新文学,便如同初生的绿苗遇见了甘甜水流,于各个文学创作领域与实践活动之中发挥着独特作用。

中期发展之时,我选择了海鸥剧社与三次人文辉煌两个具有重要意义的事件,从学生与老师两个角度着眼,概括海大百年来历经的旅程。海鸥的叫声中,是海大学子的蓬勃朝气;雕塑的威严下,是人文血脉的昂扬身姿!师生都在为着自己的理想与信念努力着,展现出海大的独特风采与魅力。

现在,无数海大学子心怀热爱、奔涌山海,纵然有过灰心丧气的时候,但是总能够擦干眼泪、继续前行,谱写新时代的海大篇章。百年海大是值得欢庆的时刻,也是新一轮扬帆起航的开始!

海大百年的经历不能用这短短的几百字概括,而我与海大的缘分却可能只有这四年之短。回想自己的生活,有很多不如意的、难过的、崩溃的事情,让我几乎要选择放弃。然而,我总是会被一些瞬间治愈——夜晚忙碌完,拖着疲惫的身躯在樱花大道上走着,一朵花瓣落在了我的手心;在湖旁亭中哭泣,却偶然间看到刚刚发出新芽、充满蓬勃生机的绿叶;每天"早八"

"晚九"的困倦时刻，小公交司机往往会发出爽朗的一声"南门，出发！"；考试前夕，总是会在孔子像前出现的各种可爱的物品……

这些点滴的瞬间构成了我心中的海大的难忘岁月。我想，这亦是百年来一代代海大学子都曾有过的美好回忆的点点滴滴。依然记得军训时，第一次听《爱如海大》这首歌，我莫名其妙地红了眼眶。仿佛海大真的是一位慈祥的老婆婆，她微笑地看着我们成才，又看着我们离开。一见钟情便是命中注定，很高兴有这场浪漫的飘向北方。

感谢樱花烂漫，感谢梧桐参天。

海大的风

李佳奇(2023 级汉语言文学)

涟漪轻泛出映月
澄碧跳离了湖间
日出升自磅礴的海面
我说,你是无处不在的风
扰乱了谁的琴弦

初见,风拥我入怀
无比喧闹的盛夏
嘈杂的蝉鸣都清楚
痴惘多年,你懂
我所有的悲欢与妄想

再遇,风伴我携行
我是匆匆的行客
一叩一拜,登上你的指尖
你晓我追寻的过去与远方
我懂你历经的苦难和沧桑

北斗在天上连成一片
五子顶上的槐花婳妍连绵
楼上,一多的身影若隐若现
我想抓住你,你却从未
在我的手心停留。你说

你想助我，直上那青云端

海与风是绝配，而我只愿
做你肩上的一只海鸥
日出，我们一起自磅礴处升起
我们并肩而行，默契无比

日落，我们携满身疲惫回到
落满余晖的八关山
我自觉地飞入你的下方
撑起你的臂膀
我想，你百年之后的荣光
是否能有我的一份力量
而你是风，一如往常拥我入怀

海之赤子

李佳烨（2023级汉语言文学）

以秋日下瑟瑟的银杏叶为语，
见证着你铺满一地的金黄。
感受朝阳穿过时间线的夺目，
醒悟于自己从未离开过你的视线。

三年前炎炎夏日的幼稚回眸
唤醒了我，是犯困的蝉鸣伴随着
东方红2号的明信片，
飘飘然坠落于我的案前。
少女宝石的眼睛映照了梦想的方向，
和海的蔚蓝一并埋进幼小的心灵。

三年后用力地按下志愿确认键，
是坚定地确认了与你的诺言。
我转身看到白鸽歌颂着红瓦绿树，
映月湖自由的风大声呼喊——
"这些年我出航了最远的汪洋，
国家的安危我会誓死守护！"
"这些年一群群年轻的灵魂拥抱了我，
海大学子的智慧和勇气重铸辉煌！"
"这些年一座座高楼拔地而起，
象征着未来的羽翼向最远处翱翔！"

我用好奇的眸望向这片生机勃勃，
你坚定地微笑着握紧我的手，
托着永远不会气馁的人扎进时间的河。
浮山、鱼山、崂山、西海岸……
百年来的浮光跃影在这瞬间尽揽，
新的总被创造，怀旧不会消失，
生锈的将迎火热——
又是谁触碰了即将落泪的眼睛。
百年海大，永远年轻。

以秋日下瑟瑟的银杏叶为语，
我踏碎了一地金黄。
轻捧将与你共度的夏冬，
以春日里飞往黎明的白鸟作歌。
当我伸出稚嫩的手，
你以厚重的底蕴回握；
当我渴望去往那天涯海角，
你以身躯为船，以理想扬帆。
任千秋百代的传奇事迹在一代代赤子
笔下，留下新的感动、新的华美乐章。

嘘——你也在欣慰地听着吧
号角正迎风吹响，这是远航的声音。

创作谈：

　　本诗缘于我和百年海大很神奇的经历。在我初三升高中的时候，补课班老师为了讨个好彩头，在全班用 39 所 985 院校制作抽奖，代表你以后上哪个大学。还在懵懂的我，迷迷糊糊就抽中了中国海洋大学。于是在心中，我便被鱼山校区美丽的景色,以及碧海蓝天所吸引,埋下了一颗小小的种子。于是在三年后报考志愿的时候,我便将海大列为第一志愿。这不仅是对我高考分数的合理运用,更是代表着我心中三年前就要和这所百年名校会晤的命定之时。总有我要遇见的人在这里等我遇见,总有需要我完成的事在这里被我完成,总有心中的那片蔚蓝的海等我跨越 1200 公里来看一看,去探索我的新世界。

而海大也没有让我失望,景色优美,学术自由。在暑假,我听完了很多海之子自己写的歌,更是被深深打动。恰逢百年校庆,更是让我这名大一新生备感荣幸、自豪。庆幸自己竟然可以见证如此值得纪念的时刻,庆幸自己与海大生逢其时。海大这些年也在不断向上攀爬,办了新校区,校园建设更好了。我也认识了新的朋友。这些都是我创作的灵感来源。

"海纳百川,取则行远"。不畏惧、不退缩,接过新时代的重任,更是新一代海之赤子应有的姿态!

群鸟从海上飞过

李晓萌（2021 级汉语言文学）

在时间轮回的节点
无边世界的边缘
风不再是沙子唯一的掌控者
远方传来潮湿的音调
潮起潮落，流动的鼓点
正濡湿我们的心脏

鸟想变成缥缈的云
不知道云却想变成穿梭的鸟
不知道蔚蓝色的原野
浮现白色的云，隐匿白色的浪

无休无止，咽下灼烧的日轮
托起破碎的月亮
我们在闪光和泡沫之中
盘旋、高歌、期盼
鲸无所不知，吞吐预言

审判我，不用鱼的眼睛
不用狂风暴雨
每一个轻抚水面的瞬间
我都得以看见我

年轮一圈一圈增长
群鸟飞过草原、森林、沙漠、群山
风到达之处，都感受得到海的呼吸

抬头看到的天有多大
低头看到的海就有多大
于是，再没有褶皱不能抚平
草原、森林、沙漠、群山同样辽阔

创作谈：

  我想尽力避免对海大风物、历史、人物等方面的赞颂，用更加朦胧、诗意的方式表达我对海大的情感。

  海大总是被自然而然地象征为大海。而在我看来，学生来到海大，不是扬帆启航，不是百川汇流，甚至也不像是鱼儿游进大海里，而是像候鸟的迁徙，或者说鸟群从海面上飞过。他们从海岸出发，飞过大海，到达另一片广阔的天地。海无私地分享绮丽的美景，提供广博的资源。最重要的是，教会学生在这程旅途中，发现并认识自我。

  最终群鸟要飞向下一个目的地，而因为见过海的浩瀚，他们不会因环境的漫无边际而内心恐惧，哪怕连绵的群山也不再构成障碍。从大海上飞过的鸟，在飞往世界的时候，也会把身上浸润的海的气息传递到远方。

  一百年，大海迎接又送走一群又一群踌躇满志的飞鸟。有时一个又一个学期，一个又一个学年，一级又一级学生，让我感觉学校正在经历的时间，是像年轮一样一圈一圈轮回的，而我像蚂蚁一般用脚步丈量，只是走过时间之流中微不足道的一段。而海大，也在我的人生中刻下烙印。

我走在梧桐大道上

李宗霖（2021 级汉语言文学）

我走在梧桐大道上
时维九月，溽暑未消
所幸有一宵梧桐细雨，带来
一片清凉。一切都显得湿润
明亮，一条粗壮的树根
却差点儿把我绊倒

我蹒跚于梧桐大道上
乱雨横飞，天风裂冈
路上的伞或是怒发冲冠
或是形销骨立、一片狼藉

我漫步于梧桐大道上
久无经行处，暗绿的苔藓悄然
滋长，将落未落的斜阳穿过
碧绿柳条，洒下一片明黄
蛙鸣阵阵，来自静谧的池塘

我彳亍在梧桐大道上
夜间的空气尚有一丝寒凉
梧桐的枝叶却日渐繁茂
栀子和石楠也交相吐露芬芳
道路两边的路灯一白一黄

把周遭的景致映衬得如夏如秋
远远望去,就像一双眼睛
凝视着梧桐大道上的行人

我走在梧桐大道上
令人迷惑的狂风在天空中乱撞
大道宽阔而曲折,有如一条河流
波澜起伏、大浪滔天,漾动远空
而水流与人的走向正相反
眼前剩下我一人,在踽踽独行

咏鱼山校园

李宗霖

百丈红墙守护一片宁静
红墙角外游人如织，墙内
有十围巨树参天，百年古楼
矗立。藤蔓蔓延立壁，述说百年
沧桑，炮火连天，铁蹄铿锵
一切都失落在咸腥的海风中
唯有一座钟楼巍然屹立
我静倚梧桐，听海浪翻滚
发出悠远古老的声音
水声浩荡，历数百年辉煌
明烛天南，指引前行方向
浩海求索，谱写新的华章
樱花树下，一对爱侣耳语呢喃
一个世纪的呐喊化作新时代的强音
——百年海大，谋海济国
昔日浊风恶浪，今日海晏河清
披上蔚蓝的斗篷，踏上崭新的征程

写给你的诗

林树欣（2021级汉语言文学）

多年来,我总想为你写首诗
为你歌一曲,为你做个梦
可每当一提笔,我又生怕我
笨拙,道不尽你的情深义重

你可知道,我曾小心翼翼
翻阅那些赞美你的诗篇
穿越百年云烟,沧海与桑田
你用汗水,灌溉莘莘之花
开辟出一整片星辰大海
你的伟岸,显出我的普通

是呵,你值得被礼赞被歌唱
你温暖坚实的臂膀托举起
无数理想,宽广博大的胸襟
包蕴着无比深沉的爱与牵挂
灿烂的不只是群星,还有你
澎湃的除了百川,也有你
你是头顶那片永远的天空
无数学子站在耀眼的阳光下
愈发觉得你是远山,是穹隆

还记得,当我力不从心时

是你在路旁种下一棵棵树
让我停下疲惫的脚步，感受
绿意与清凉。我无以为报
想给你写首诗，只恨笔墨空空

起风了，寒意席卷我的身躯
今夜注定要难眠，月色却捎来
你的温柔——你轻哼摇篮曲
给我怀抱与梦乡。像回到了从前
我无以为报，想给你写首诗
只叹岁月太匆匆，我也太懵懂

我终于落下了笔，不再吝啬
将要溢出的心。写啊，写啊
写给你的诗，一页又一页
不知你能否看见我含着泪的脸
和已被浸湿的文字。你又是否
能听到我的感激与思念
正跨过千山万水，千里来相送

走在修文立新之路上

林树欣

（一）

百年前的故事，似乎
离我们很远很远
穿过布满地锦的老房子
脚踩着被青苔包围了的石板
倾听这娓娓道来的风声、雨声
落叶声，还有诗人
沉重的叹息声。"执笔"
"救国"——他笔下的文字
有如红烛般耀眼，点燃
战士手中的火把，照亮
夜行之路，让人们在这片
饱受磨难之地，看见了曙光

（二）

风雨过后，废墟之上如何
重建希望？唯有重拾红瓦
新栽绿树，延续星星点点薪火
大海涛声翻涌，见证着
峥嵘岁月，幸有一群学者携手
并肩，不惧万难，破浪前行
更有一代代后起之秀

秉一颗文心，足踏

广袤的中华大地，书写

崭新的青春篇章。且看他们

博览古今，联通中外

海纳百川，奋楫争先

驾驶着文脉这艘巨轮扬帆远航

（三）

百年后的未来，该由谁

见证？是你我，是这砖瓦

和一草一木么？别忘了

明天，永远不被定义

学无止境，路无终点

而我们要做的事还有很多

明德、修文，是诗人的呼喊

笃行、立新，是学者的期待

我们走在路上，不畏风雨

不怕孤单，因为我们坚信

海是辽阔的，浪花奔涌不息

文新的荣光定将在世界之巅绽放

组诗：英雄美人志

刘良骥（2021 级朝鲜语）

一

黄海之滨正华泱，你我一睹她的盛况
锋芒毕露有时尽？不似春光，胜似春光
寥廓江天万里霜，海纳百川风往往

青天白日何有憾，使命必达我独往
吾读万卷书，始于脚下路
路阔天平平且顺，顺许江山
美人为伴。才子佳人连环套
不须放屁，自古美美相济

雪漫碧水水何处，水死江心
心封堵，一封起坐蜀汉心
二封骑坐来时路，归途依依
回首向来，杨柳青青处
风往往依旧，人生几多归途

二

高唱毛峰古为今，古为今用阴化晴
今生今世为何书？生生世世许海明
将军一生献华清，曾登美舰跷脚灵
金枝玉叶娃娃脸，我辈儿女志当兵

三

灵中华，中华翎
似无序，无序赢
风华绝代乌骓马
邦哥义气大风晴
赠地千秋刘氏子
赠天吕氏万古明
星星星，兴兴兴

四

我用一生温暖了你四季的春天
你用一世回馈我来时的尊严
我用清水净手，捧着你的脸
你用风筝洗魄，坐在草地荡着秋千
我们儿时，那无数美好的画面
我们儿时，那无数曾经的桑田
沧海里有你脖颈儿下的碧玉
玉树下有我临风时的秋千
我拉着你的手，荡着你的秋千
你拉着我的手，睡在我的眼前
神来时的画面，你说你看见
我来时的画面，你说你不喜欢
那种姿态的变迁

五

风华绝代的是你，还是我的尊严
风华绝代的是我，还有炎热的一面

一面之缘，我们迷失于前世

前世一别，我们三生未曾相见

我想拉着你的手，去安河桥

骑着大马，光明正大地走一遭

看着胡同的起起落落

看着水流的纷纷扰扰

看着人影的稀稀疏疏

看着祖国的富富饶饶

风华绝代的你，是你

我无法拥有？无法拥有又何妨

我无法拥抱？我自然能热情地拥抱

第二天，安河桥，我起个早

看怀里的你，对着我，宠溺地笑

六

曾忆当年草上飞，人生君旅生如瑰

风花雪月年年往，一针一线歃血肥

白风千骨杜风至，泽东时节必举锤

虞姬翔宇前生花，我戴她翎不可违

献礼百年海大·恩师慈江课毕感怀

刘良骥

神州曦染天涯岸，华夏儿郎探碧洋。

岁月峥嵘难或忘，一心为国再寻光。

千方万面敢称冠，勇毅从容捍己长。

目藐浮云思久远，肩担重负隐衷肠。

不设藩篱枝叶茂，海容百派万帆扬。

师兼博厚儒风正，生绽光辉焕莽荒。

才子凝思杨柳岸，佳人把卷碧窗旁。

奋蹄前路闻鸡起，夜暗如磐蒇白霜。

我 是

马　鑫（2022 级汉语言文学）

我是一棵草，像相伴一棵大树
将百年海大守护，见证
光阴流转、岁月变迁
静观绿影婆娑、枝叶扶疏

我是绿色的见证者
细数晨昏交替，品味岁月沧桑
从长袍马褂到穿红戴绿
从兵荒马乱到和平安详
海大初心不改，不失清纯模样

我是希望的承载者
享受风的抚摸、雨的滋养
沉醉于学识的殿堂
读书声琅琅，辩论场激昂
演讲声铿锵，泥土的芬芳伴着
书香，抚慰心灵，沁入心房

我是一棵草，天地间长，茁壮
于海大园。喜新秧拔地而起
叹落红护花成泥。我向天公地神
许愿：愿海大荣昌，赓续辉煌

创作谈：

拿到"百年海大，你听我说"这个题目时，心里是有一些惶恐和害怕的。一百年，这实在是伟大而又艰辛的历程——创建于战火纷飞的乱世，经历无数荣与辱、生与死、聚与散，最终成为如今这个祥和灿烂的海大。而我只是无数海大学子中普普通通的一员，有幸能亲眼见证海大百年生日，我在内心舞蹈，与朋友炫耀，却实在没有华丽的辞藻，表达对这沧桑伟大的百年海大的赞叹。思考许久，我决定以一棵草的视角来叙述整个故事。

绿色，象征生命与希望。草，是渺小的，没有树的高大，没有花的娇嫩。但草又是坚韧的，在百花争艳的环境中，它不自卑，无论风吹雨打，绝不低头，默默生长，为大自然贡献自我。春风吹又生，草不仅是海大百年历程的见证者，更是陪伴海大穿越战火、历经沧桑巨变、共同走向辉煌的老友。同时，每个海大学子都是一株草，海大园用阳光、土壤、爱与希望浇灌出绿茵草地。也正是我们这些小草，让海大园更加朝气蓬勃。我们也是大千世界、芸芸众生的一员，平凡又坚强，在各自的领域发光发热，为梦想奋斗，为社会服务，同心协力构建美好家园。

"我是一棵草"，诗歌以一棵草的自述开篇，讲述它与海大的故事：见证岁月变迁，感受校园风气，勾勒未来图景。在中国海洋大学百年校庆之际，草向它最敬仰的天神地公虔诚祈祷，祝愿中国海洋大学日日昌盛、年年辉煌。这是一届又一届草一样坚韧顽强的海大学子的亲历与心声，而这盛大的辉煌也必将在海大人的共同努力下实现！

诗中阅海大

秦可宜(2022 级汉语言文学)

当海大之钟即将敲响世纪的磬音
海大给了我一场不期而遇的灿烂

也许枝丫上怒发的九十九次春喜
是你浸润了诗书的即兴创作
咫尺笔墨，千里诗意
不见执笔人，但闻诗语声
蓦然间，海大就成了诗与远方

也许菡萏中氤氲的九十九次夏暑
是你沉醉于山月的小酌微醺
点滴玉酿，浩瀚琼浆
不见酿酒人，但醉于星海
恍然间，海大就成了酒与岁月

也许枫火中燃烧的九十九次秋蝉
是你翻越了峥嵘的炽热奔跑
微渺跬步，跨越千古
不见行路者，但见后来路
焕然间，海大就成了歌与火焰

也许墨梅上渲染的九十九次冬雪
是你亲吻了霜寒的海纳百川

涓涓细流，汇聚山海
不见诵诗人，但闻诵诗声
快慰间，海大就成了诗与我们

听，斑驳的墨曳着岁月的尾巴
在承接百载风雨的牛皮纸上写下
声声篇章。点点星河璀璨，是诗
从天上落下，就成了我们的故事

我与百年海大的声声篇章

秦可宜

海风,缱绻
循着矗立百年的灯塔
捎来远方的缤纷来信

红是红瓦如海
红梅点点是红日昭昭
每日的东流霞光
不尽的一度又一度春秋
东方红行船又启征途
五子顶枫叶重上枝头
树影葱葱,人影匆匆
不渝的是赤子红心
虽历经斑驳岁月
却始终如一鲜活

碧是绿树灼灼
是明月悬挂的枝头
耀眼的碧海滔滔
激情翻涌的青春年华
映月湖新荷初露锋芒
科学馆青松依旧高昂
学子莘莘,书声琅琅
不改的是枝头新绿

虽历经百年时光
却依旧生机盎然

百年海大从未徘徊
百载风雨初心不渝
星霜荏苒，道不尽
前辈的兢兢业业
居诸不息，催发着
青年的勤勤勉勉
探海大书山学海
游校园水榭楼台
感代代人文情怀
先贤精神仍未旧
吾辈自当重奋斗

当时钟百次重合
待候鸟百度明歌
百年海大篇章缓缓奏和
定有百载桃李、声声鸣贺

百年再百年

曲丽婧（2023 级汉语言文学）

我们相遇在夏天，一封
海蓝色的信敲响一扇门
便注定了我将为你
跨越山海而来
今年，校园里的樱花开了
一整个春天，花团锦簇
像你。更多的人慕名而来
真为你骄傲，一百岁的你
依旧自由、依旧热烈
听见晚风吹过五子顶的树梢
此时我们都正当年少
亲爱的，浪花属于大海
而我，属于你

哪怕再过百年，哪怕
再叫我选择一亿万次
或许，那时我早已变成
一捧土，或是一缕烟
只要你向我张开手，我便去
取一碗酒，灌醉日月，变成
一只海鸥，到靠岸的东方红
上停留，变成一丝暖阳
将走廊的一角照亮

变成一朵白云，随着

海大的风，胡乱地飘

让风带我看看，那时的你

又将长什么模样

樱花是不是又该开了

一样地轰轰烈烈吧

创作谈：

　　逢中国海洋大学建校百年之际，以这首诗献给母校，纪念我与她的相遇，记录母校的美好，表达我对母校下一个百年辉煌的展望。

　　本诗写了三个时间。先是收到录取通知书那天，命运刚刚把我和海大联系在一起。此后，分别写了第一个百年，我与海大一起走过，母校带给我的快乐与成长，以及对第二个百年的展望，并渴望以另一种方式，再回到这里看看她的样子。

　　创作之初，在头脑里第一个构思出来的，是与她在那个夏天的美好相遇。

　　夏天的晌午是闷热的，坐在沙发上无聊地翻看一本书。知了和青蛙此起彼伏地乱叫，时不时打开手机看看，不知道什么时候才来。

　　是沙发太柔软还是叫声太催眠，我睡着了，迷迷糊糊间看到一个蓝色的信封飞到了身边——是做梦了吧。

　　"丁零零零。"

　　门铃响了。

　　"你好，中国邮政。"

　　心中一颤，是它，是它来了吗？没错，海蓝色的信封，和我想的一模一样！梦醒了，成真了。激动地签收完，又捧在手里愣了很久，我抬眼看向窗外的天，好像就是那么恰好——一阵风吹来，天清凉起来了，随之清凉的还有我的心。

　　那天拆开信封的时候，我沿着密封线小心翼翼地撕着，读完了信封里每一个字，包括那张开通中国银行的通知。那天，我像是一个打赢了仗的士兵。

　　想要写这首诗的情感是由衷的。对我来说与母校的相遇来之不易，而作为万千学子之一，能够陪伴母校跨越世纪是何其有幸！我爱这儿的人和事,因而迫切地想要抒发。我要告诉母校,她对我来说是如此美好。

去年夏天收到太多祝福,但仿佛许多人都把超常发挥、运气真好这类字眼当作祝福的附加。真的是这样吗?

高一那年,第一次做自我介绍,面对几十个人,我说:我要考中国海洋大学。那天之后,为了靠近你,我不知道挫败了多少次,站起来多少次。今天,我终于可以喊你一声"母校"!可在这中间,我跨过的确不仅仅是几百公里,还有十二年的日升月落。

诗的第二个时间段是关于作者来到海大生活的第一年。我想我是幸运的,可以和母校一起走过我的第一年和她的第一百年。

我爱母校,所以想要歌颂她。在这儿,我做着自己喜欢的事,慢慢成为一个自己喜欢的人。在这儿,风是自由的、云彩是自由的、人也是自由的。她让我明白,大学的意义不仅在于学习,更在于成为自己。

母校让我学习,学自己喜欢的东西。我喜欢读书,母校让我可以坐在图书馆的落地窗前,把开满映月湖的一湾荷花做背景;我喜欢写诗,母校让我可以有大把的时间创作,把想要表达的都诉诸笔端;我喜欢迎着星光奔跑,喜欢爬山,喜欢看海,喜欢肆意张扬的生活,而在这里都是现实。母校是自由的,我也是自由的。

樱花灿烂,像她。梧桐参天,也像她。晚风拂过五子顶的树梢,吹来的清风,也像她。这些名片恰恰意味着母校的性格,时而热烈,时而高大,时而温柔。

今年我十八岁,正值年少;今年她一百岁,也年少。

第三个时间段则是展望下一个百年。我还想回来看看,她那时又将是什么模样。我要偷偷欺骗岁月,让岁月以为我是一只回家的海鸥,是一丝暖阳,是一朵白云,是什么都好。笔者知道,总有一天我会从这里走远,但海大会始终在这儿,经历一个又一个百年,创造一次又一次辉煌。可能到下一个百年,什么都变成了新的,但是沿路的樱花一定还会开,轰轰烈烈!

百年海大，你听我说

孙 宁（2023 级法语）

你听，那来自时光深处的呢喃
是掇菁撷华的天赐，承载着
殷殷期盼的年轻的你
在战火中向下扎根，轰轰隆隆

那褪色的门匾上，藏着今甫先生
入木三分的心血，群星身穿旧袍
传递着阵阵新潮。那红瓦隐在
葱绿里，刻着涡卷与波浪的飞跃
海雾迷蒙窗台，崇本先生轻轻一揩

你听，来自远洋之处的叹息
是得天独厚的感慨，蒙受着
流言蜚语的迷惘的你
在纷扰中站定心神，淅淅沥沥
那划破巨浪的东方红，载着
驶向风暴中心的期许
黑夜无尽沉睡，冰封着
将熄的火种。那碧海苍梧的遥远
圣地，怀着真理永恒的归处
只能奔赴、奔赴，风雪无阻

你听，来自山海各方的呼喊

是生生不息的新声，昂扬着
百年芳华，青春的你
在朝阳中蓬勃奔跑，轰轰烈烈
八关山文脉何时重振
——再现群星闪耀时
那深蓝的风何时吹向山巅
——肩挑簇新竞技场

会的，会的，曦光就在身旁
景耀且在前方！所以，海大
我想对你说，请你振翅飞翔
而我早已期许下一个百年
——一定会有赓续的辉煌

登　峰

王楷文（经济学院 2021 级保险专业研究生）

神州山河错，时乘春秋中
巽风抚五子，震雷明雾空
青梅思杏酒，浅酌论英雄
兴尽各分散，入梦弈周公
贪凉踱园外，旧情此时浓
昨日初观海，三载逝匆匆
惊涛势千层，岿岳险万重
知行合则远，映月印星穹
逐舟神采生，登峰豪气涌
壮志凌云霄，意在列仙宫
霄宫不胜寒，入渊化潜龙
修得金鳞成，紫气满天东

海大情诗一束

王 宁（2023 届汉语言文学毕业生）

十一号线

有人问我远方，我张开手，
海风的甜。路比天远，
不曾皈依的躯壳又迎来
晚归的地铁。

驶出地底，晚霞的一束
正映在睡着的孩子的肩，
走下站台，自顾着挥手
告别，十一号线往复不停，
而我转身向西，迎着
车流，走入云间。

海大的秋

光在离去，影也在离去，
只退还一首情歌，
是虫鸣的编辑，
也是雨点的校对。

一片微弱的灯光
带走了黄昏的留恋，
风的追逐，引动了叶

落满路的思念。

月是夜的情人，共同
漫步在高楼的边缘。
每当晚风吻醒倦懒的窗帘，
我们相隔的距离，只有秋。

我呼唤着你的名字呵，
远处的梧桐，承载着礼物，
那是理想、自由，
和海大的秋，无边无际。

夜雨海大

每一滴雨，都有
一万年的海洋；
每一扇窗，都有
一万升的月光。
树的一万里，是
一万里的低斟浅唱；
夜空的一万次回望，是
一万次的星河荡漾。
在这场云的拼图游戏里，
驶过一艘梦的画舫，
清风拂面，且伴花香。

极致的时间

一秒不等于一秒，有时更短，

是开在黑洞的生命之花，
在过去与未来的交界处，
一边盛开，一边枯萎。

一年也不是一年，有时更长，
是旅人途中悠悠的长梦，
枕着虚无与现实的边缘，
一路向南，一路向北。

一瞬间也有亿万斯年，
刹那的现实总是过往的无限，
时光已轻轻摇曳裙摆，
我想，我也无心看海。

晚　安

我从未如此看过大海，
只是海中的涟漪
不小心，触碰了你。

月光洒下路灯的脚印，
那脚印里，有一整个
春天和你。

像这样的夜晚本无须怀念，
只因我和大海互道了
一声："晚安！"

白　鸥

王雨芊（2023 级德语）

我站在屹立百年的土地上。
我看不见海，却听得见涛声，
百川滚滚而来的撞击声，
又汇成浪涛滚滚向前的轰隆声。
我踩着沧桑的碎石，走在
百年屹立的土地上，
却不经意踩进了潮汐里。
新生的浪花飞溅起来，
搁浅的碎石再度呼吸。
我往深里走去，踩到了
被海水打磨百年的礁石，
踩上了百年前沉折的棹楫。
水没过了我的头顶，
但我一蹬，就飞上了云端，
因为我此刻踏着的正是
那百年求索、熔铸成棹楫的梦，
从海里溢出了啼鸣。
百年前诞生的歌回响在
一个个细小的喉管里，
掀起了滔天的巨浪。
翅边太薄了，承不住日光
照耀百年的重量。
日光透着翅边漏下来，
却成了今朝。我的翼镶上
金边，飞向百年后的远方。

跨山赴海，共庆百年

魏家玉（2022 级汉语言文学）

我坐上列车，跨越 1200 公里
在你九十九年之际，来到
你的身旁，无所谓路途遥远
只愿永葆这份赤诚与热烈

很幸运，恰逢你的百年
我要用这热烈与赤诚为你加
一把柴火，让噼里啪啦的星火
点缀专属于你的小人间

我爱你午后温和的阳光，铺洒
在我的面庞上，仿佛是你将
自由和生命力灌注到我的心房
自由的力量，生命的雄浑
使我不禁去想象一百年前
风潮涌动，你横空出世
造就多少美谈，创造多少奇迹

我沉醉于你的夜晚，灯光昏黄
夜樱徐徐如雨，散落在长椅上
我顺势而坐，拈起樱花，透过
花瓣，窥望你百年前的风光
将你的历史和如今的你连同这

浪漫的夜记录在册，铭刻于心

值此百年，自是盛会佳节
师生共庆，可抵锣鼓喧天
百年之功，流芳传世，追忆
往昔叹岁月；世纪海大，
谋海济国，砥砺前行开新篇

百年老友（组诗）

魏雅萱（2023 级汉语言文学）

篇章一：变化

我的老朋友，这一百年来
我的目光一直追随着你
从清晨到夜晚，从春去到秋来

在你的期颐之年，我看见你曾经
干瘪的小腹腹肌隆起，我看见
你的肚中升起一座座高楼
我看见你的孩子们在高楼中川流不息

在你的期颐之年，我看见你曾经
迷惘的双眼逐渐闪亮，我看见
你的眼中搭起一架架路灯
我看见你的孩子们在灯影下形影不离

在你的期颐之年，我看见你曾经
稀疏的胡子逐渐浓密，我看见
你的下巴上长出一排排树
我看见你的孩子们在树荫下相视莫逆

篇章二：四季

我的老朋友，我仍旧记得

这百年里的日日夜夜、四季更替

春日，你刚跑完步的脸颊上飘落
粉色雪花，漫天飞舞
我在一旁看着闪光灯、摄像头
和灿烂的笑脸；看着他们驻足
在樱花大道，留下蜻蜓点水的一吻

夏日，你刚眨巴开的双眼中透过
一片雾气，天光破云
我在一旁看着风、蓝色海洋
和绿色森林；看着他们在东操军训
不经意间，来一场无声的对视

秋日，你刚听完课的耳朵里传来
一阵清风，叶落归根
我在一旁看着银杏铺撒、喜鹊
和紫红的落日；看着他们漫步
在梧桐大道，收集一片最美的落叶

冬日，你刚散完步的双脚下吹过
绵绵白雪，轻舞飞扬
我在一旁看着寒松挺立、雪人
和地上的草席；看着他们在九球广场
在紫藤架旁，堆起一只只雪人

篇章三：赞歌

我的友人，百年来，你孕育了

多少新鲜生命，我数也数不清
我看着风吹过映月湖，掀起一阵涟漪
我看着孔子像前，孩子们祭拜的花果
我看着你笑着迎接孩子们进来
又笑着将一茬茬孩子们送出

我看了你足足百年，有太多话想对你说
可最后却只浓缩成一句——
愿你借百年东风，继往开来，再谱华章

晚　安

吴　越（2023 级汉语言文学）

猫，扰乱风影；大海，喷薄晨曦
浪花的裙摆绣满金光，化作落星
砸碎在沉默的台阶上
静悄悄，一切还沉睡在细雨的呢喃里

齿轮忠诚地旋转，让钟声带来
时间的宣言。繁花沸腾，群鸟列队
我们的目光穿透时空，在梧桐树下碰撞

星火溅成夏日的蝉鸣，爱和真理从
历史的缝隙挣脱，讲述血和泪的梦境
摇曳的烛焰与灯光重合，斑驳的石墙显出
真容。拨开世纪纱帐，我触到你低垂的眼睫

白驹悠悠走过，新生与死亡的交替换来
窗前的明月。挡下历史的尘埃，沉重与喧嚣
被镌刻在岩石上，被写在墨香的书卷里
晕染校园，蓝色的手仍在为求知者拨穗
托起一轮轮希望的朝阳

蟋蟀又于草丛中演奏，而我在静静写信
沙沙，沙沙，惊散了旁观的飞虫
流水随后会长途跋涉，帮我把信寄给你
念出藏在纸背的留言：晚安，万物和你

春　兴

向永晟（2022 级日语）

成文三月，序属阳春。校庆逢百，岁值甲辰。欲致贺忱，故为此文。

夫葽翠柳青，海碧波兴。玄驹安步，百鸟啼鸣。人去旧貌，花赞新樱。草木葳蕤，物色摇情。轩窗放春春又入，菱镜焕容且徐行。

良春不易，物华景奢。杨柳风醒横柯，满目春绿山河。力向含苞争发，心逐游氛明灭。无情结同，品类为则。籁籁地籁成歌，莽莽天人相合。澄怀云峰，层峦难隔。

春和景明，翠浓叶肥。梧桐道旁，鸾燕复回。双樱木梢，粉黛香蕊。映月湖畔，无哗衔枚。汗牛栋内，襟正姿岿。绿茵场上，骏骥神骓。静则观道石岩，动辄行事锋锐。莘莘学子，志岂可摧。

襄即创作之释，欲彰春色之盛而吐天鉴之衷肠。心物之合同春而发，动静之思同文而倡。兹校百年，听海观浪。星属娄虚，地列渤黄。人杰荟萃，取则再创。百川得纳，符质相当。

> 夙起因啼唳，惊春满室芳。
> 菱花窥旧绪，怒马焕新妆。
> 目迻穹枝幻，心遐象气苍。
> 携囊崇本侧，问道老梧旁。

致海大

辛程程（科学与技术教育在读研究生）

我没多少清晰的记忆，却总能在梦里
见你。梦里的你生于墟纪，长于世纪
爱恋中华，虔诚成疾；身披蓝衣
踏遍荆棘；砥砺风雨，喧嚣不移
后来呀，我每日都想见你——想见你
沉淀红砖绿瓦、笑对红尘新家
怀揣家国天下、畅游学海无涯
终于呀，我攒够了努力，有资格站在
你面前，好好看看你：我激动不已
百感交集；你光而不耀，温和有礼
相顾无语，却成全了我的好天气
敬你百年风华、初心不改、依旧绝代

创作谈：

　　笔者二战考研，终于来到了梦想中的海大。初来时心情万分激动，被拟
录取的那一刻，心中激动万分，百感交集，心中的愿望终于实现。海大一百
周年校庆就要来临，非常开心能够以在校海之子的身份，陪海大度过百岁生
日。这首诗表达了笔者对海大的深厚情感，能够来海大读研的万分庆幸，以
及对海大百岁诞辰的祝福。

最接近神的时光

张革翊（2021 级食品科学与工程）

那是最接近神的时光，海大的天空
是婴儿的眼睛，干净得没有一片乌云。
曾经的我，想都不敢想，
我的人生，会有这样一段日子。

远方是海，身后是家——仰望，
有湛蓝的苍穹；低头，见碧绿的青草，
回首，听群山静默或回唱……[1]

我站在大地上，尽情沐浴阳光、雨露，
纯粹得就好像一小棵植物[2]。
我光着脚奔跑，越跑越像一个孩童。
醒了，就在蓝天下玩耍；
累了，就盖着夜空入眠。
软绵绵的云，被太阳晒了一整天，
我把它抱过来，当一回枕头。
倘若半夜梦醒，就伸手上天摘一颗星星[3]，
或者一个月亮，攥在掌心窃喜。

睡醒之后，我又要当一匹撒缰的野马，
自由自在驰骋在草原上，好像有
使不完的劲儿，可以生龙活虎一辈子[4]。

我幸福得就像一个孩子，恰好邂逅

一位百岁慈祥老人。在广见与博识之外，

他有罕见的宁静与温和，令人

不由得想伏在他膝前哭泣或休憩。

他就坐在那儿，看着我玩儿，

无论我做什么，他都笑呵呵的。

我的人生将再也没有这样的日子。

我时而觉得，在海大的日子，

美好得就像愿望一样。但那是真的，

真到我睁开眼，就从来没有失望过——

似水流年里，我仰卧水底，

咫尺间，小溪清澈，流过

光影、树叶、落花和鱼……[5]

我痴痴地望着眼前的一切，舒畅地

呼吸。仿佛姗姗来迟的金色童年，

它漾开水母的裙边，将我拥入其间。

我也知道，我从此再也不会被当作孩子。

童年一样的地方呀，我邀请你，常来

我梦乡，在我那草木般葳蕤的有生之年，

安营、扎寨、生长。我就会梦见，

我是小孩儿，赤着双脚，奔跑在天地间。

创作谈：

　　这首诗写的是笔者上于慈江教授诗歌课的感受——我觉得自己被当作小孩儿，有人在教我怎么玩儿。上于老师课的精神享受，是我难以用笔触去形容的。唯一可以付诸语言的，便是让我自觉应"活在这珍贵的人间"（海子），我感觉到心灵被净化，孩童般纯粹地活着，不戴一片面具，仿佛人类与生俱来的健全得以回归。

从技法上来说，这首诗我写得十分之纠结，从题目就开始纠结。历来很多浪漫的诗人非常喜欢写现实世界中不存在的美好，从李白"霓为衣兮风为马，云之君兮纷纷而来下"，到海子的"面朝大海，春暖花开"。我有意效仿。海子写的诗，对现实世界的残酷性只字不提，但读来却体会到幽幽的哀伤和深深的无奈。这一点像让人感到治愈的纯音乐。所以，我把原诗题"悼念"改为了"最接近神的时光"，悼念的是我即将逝去的大学岁月——如果我的未来没有冲破世俗束缚的契机，或者有，但我没把握住，这就是我人生中在心力和脑力尚未衰弱前最后一段最自由的日子了。

下面是创作的心路。

笔者把海大的天空比作婴儿的眼睛，没有一片乌云——"乌云"象征着人生磨难带来性格的荫翳，是社会一定程度上忽视个体的精神世界，周而复始、循环往复的资源竞争、时空占据对人的异化。这就是我成长的环境，我的父母把我当小大人。我不觉得我时间意义上的童年是金色的。如果使用修辞，把它比作"金属色的机械齿轮"似乎更为合适。或者说，我被当作一个人类机械，我的童年只是按照社会秩序既定的模式运转的一个叫"童年"的程序。我从小被灌输了很严肃的竞争意识，尽管"不好好学习，把别人考下去，就无法在这个社会上生存"这个观点并不正确，但它确实在我的父母对我的塑形过程中，深深刻进了我的骨髓，形成条件反射，左右着我的行为模式。尽管我作为自由的灵魂并不愿意如此，但这件事客观存在，我也必须承认，不能当作它不存在。"优胜劣汰，适者生存"，我的理智没有任何理由不接纳这残酷的自然规律，也没有任何能力能够改变这给我带来了，并还将带来无尽苦难之悲剧般的神谕。

每当围绕人生意义的各种自我审问充斥在我的脑海，我便觉得人生"乌云"密布，尤其是在高中期间。人的觉醒往往是生命中最痛苦的时刻之一，尤其是在秩序的压迫最为严苛的时刻。那时的我想明白了我愿为之付出毕生心力的事业，并愿为之喜迎人生的殉道时刻。我跟我的高中语文老师说："当灵感叩击心扉的时刻，那种感受是很奇妙的。就是觉得：我愿为之而生，也愿为之而亡。而我的幻听自是灵感的一部分。"但是当时的外部环境，包括渗入我意识的行为模式，都要求我扼杀我的幻听，因为它客观上分散了我的注意力，让我无法全神贯注地面对理智到不能再理智、清醒到不能再清醒、客观到不能再客观的数学、物理题。我走在与灵魂的召唤背道而驰的路上，荫翳，不见天日，我看不出物理和英语的区别，看不出亲属和保安的区别，看不出淋蓬头和桌椅的区别。

这一切，都化为人间这片黑压压的大地，只有天边，我的幻听奏响生命的片尾曲，点亮柔和的光，时明时暗垂危着，呼唤着我的回归，回到比远方还远的地方。那是我来的地方，我本就属于那里。拦下我的，是我的肉体对死亡前极度生理不适的难以忍受，我恨透了这本该属于我灵魂的忠实奴仆，在这种时候选择了背叛。

于慈江老师的课让我感到自如，因为灵魂在往心之所向走，像人生层层叠叠的乌云中，有个好大的漏洞，阳光透过来，照在我身上好长时间——这岁月都不像是真的。又仿佛这一切才是真的，我是一个婴儿，不曾经历过上述那些人生磨难。那不过是一场噩梦，醒了就好了，自觉我醒来神清气爽，身上无比轻盈。

我作为一个人类、一个需要生存的哺乳动物，凡事做最坏打算，是生存的机制。所以，我从未奢望过人生会有这样的日子。"仰望，/有湛蓝的苍穹（，一手够不到天）；低头，见碧绿的青草（，一眼望不到际）"。"一手够不到天"和"一眼望不到际"两句本意是追求意境旷远，但是我发现这样句子字数的对称一定程度上被破坏，损失了某种连贯性，所以舍去。《群山回唱》这本书我没有看过。我高中的时候，我的女伴觉得学习压力巨大。那时候，我适逢在读村上春树的《挪威的森林》，觉得内神安定。我就告诉她，焦虑的时候要读书。我问她有什么想读的，于是在我去南京图书馆借书的时候，就帮她借来了《群山回唱》。我从她的讲述中，想象出：森林中被怪物抓走的小孩，都在树洞里的世界过着无忧无虑的生活，在蓝天下、青草地上玩耍；父母见过他们后，选择不把他们带回去。

"越跑越像一个孩童"，是人在一种很自然的环境中，放飞自我的状态。有一天，我在崂山校区的小池塘，看到了成群成群的小蝌蚪。一个妈妈带着自己的两个孩子在这里玩耍，我在她身上看到了那种人很天然的状态："好多小蝌蚪呀！"

"醒了，就在蓝天下玩耍；/累了，就盖着夜空入眠"这两句受《三毛流浪记》电视剧主题曲《天大地大我没家》启发：

太阳是爸

月亮是妈

> 天大地大哪是家
>
> 床铺是砖
>
> 枕头是瓦
>
> 身上盖的是晚霞

虽然这首歌的歌词更多表达的是雾都孤儿般流浪生活的凄苦,但我更多感受到的是自由和诗意——"天大地大哪是家"我唱的一直是"天地就是我的家"。

关于把"云""星""月"都拿到我身边,是一个孩子在孩提时代仰望天空之时,很天真的想法,希望自己会飞,能上天,拥有天上的一切,因为天上软绵绵地千变万化的东西、一闪一闪的东西和小巧圆润的东西都很漂亮。但是人经历沧桑之后,或者被社会异化之后,就很少会关注天上的东西了。人世的匆匆,让人类的大脑里装的净是待运行的程序:"我的论文还没写完。""马上要去接孩子。""明天还要上班。"正因如此,笔者控诉这个社会既定程序对人想象的剥夺。就读诗而言,我个人的读诗体验,是看见了文字,耳畔就应该响起这些文字抑扬顿挫的方式,眼前就应该浮现文字所展现的画面,即使再难以想象,也应该努力调动脑海中的记忆去构建场景(很多时候工科必须以这种方式去学习)。但是,我发现很多人对诗句很木然,究其原因,大抵是这种能力的缺乏。

"撒缰的野马"这一段前两句很早就有了——我妈妈小时候受过物资匮乏之苦,她说:"那时我就在想:我要是一个公主就好了!我什么时候能当公主?"而我完全无法理解,为什么有人会甘愿过那种被困在城堡和日程中的日子。我只想"当一匹撒缰的野马,自由自在驰骋在草原上",风来了我就吹风,雨来了我就淋雨。我甘愿接受大自然的洗礼!大自然给了世间生灵无上的包容:只要你能够以自己的方式生存下去,大自然都会平等地给予阳光、雨露、风雪和雷鸣,没有人会因为一棵植物依附另一棵植物而生,就施以世俗道德的审判,所以才有了"万类霜天竞自由"。我没有任何理由不对大自然虔诚。

"撒缰的野马"这一段写的是人生命的力量。衰老这件事,就我个人的感受而言,是生命力量的流逝。直接原因可能是打击,直接体验则是对体力上限的认知,以及随之而来感受到体力上限随时间推移逐步减少。我体验到这一点的时间是 15 岁。在那之前,我觉得自己有使不完的劲,上体育课就要撒开了玩。但是,体验到生命力量的流逝之后,我就陷入了沉重的远虑之中,每次上体育课都要关注一下课表,下面还有什么课,根据课程的重要程度和对精力的耗费,决定在体育课上保留多少体力。这也导致了在大学里,我意识到运动的重要性之后,跑步或跳绳都安排在当日脑力劳动全部结束之后。我十分畏惧体育运动耗费精力,导致学习过程疲惫困倦、效率低下。这一点显然也印入了我的骨髓中。

我渴望生命的力量。它源于自由,源于时间精力不过分被世俗秩序占据,源于相信生命有极高的容错率,源于对这个世界和自身有与生俱来的信赖,也源于自然,源于人的躯干依照灵魂的意愿行事。灵魂是光,照不到灵魂之光的躯体如行尸走肉,但生存的要求和世俗的秩序往往把躯体拉向没有光的深渊。笔者很羡慕找到平衡点的人。

"在广见与博识之外,/他有罕见的宁静与温和,令人/不由得想伏在他膝前哭泣或休憩。"这种感受第一次来临,是我在大一第一次听林少华的沙龙的时候。那时我非常渴望能参加这次沙龙,但是我那天下午3:30有可恶的世俗的课,须要提前离场。我给通识教育中心发邮件的时候,表达了想去参加林少华的沙龙的渴望,非常歉意地申请提前离场。我当时就坐在林少华对面的位置上,走的时候收拾书包发出的巨音,是不和谐的世俗嘈杂。"祥子难过得哭都哭不出来"大抵就是我当时的感受了。我走之前,向林少华深深鞠了一躬;他背对着我,不看我。通识教育中心的女老师对我摆摆手,意思是:你走吧。我出去之后,眼泪就流下来了。我得迅速收拾好心情去上课,距离上课还有一分钟,我走进了教室。物理系一位女强人大教授啰啰唆唆讲了一通大道理:"一个学生不能说距离上课还有一分钟了,再走进教室诶……"我那一刻真想破口大骂:"去你的世俗的苟且!"

我忍住了。我深知,这一切都是世俗渗入我内心的那一块让我做出的选择。

林少华曾说:"喜欢就是最好的专业。""天才的成长之路没有借鉴意义,每一个人都是天才。"温温和和的少华爷爷说的这些话,连同他讲的那些故事,其疗愈和温暖,至今都震颤我心。我的高考志愿被父母左右的那一刻,我感知到劳动成果被资本窃取,父母用我的养育成本买走了我的自由。如果他们不买,我会过窦都孤儿那样的生活。是他们代表这个社会,不允许属于我们这个年龄阶段的人强大……凡此种种思绪,不论对错,少华爷爷就用他那几句话,给了我正视它们的力量,并将其逐一付诸言语。有那么一瞬间,我觉得:我可以当一个灰头土脸的扳道工,站起来,力挽狂澜,搬动那正常人眼中,本不存在分叉的铁路,就此改变我的人生轨迹,驶向蕴藏着无限宝藏的荒原……我想要成为少华爷爷那样的人……

"真到我睁开眼,就从来没有失望过——"这么写是因为人最害怕的事之一,就是睁眼后梦醒,面对惨淡的现实,所谓"忽魂悸以魄动,恍惊起而长嗟。惟觉时之枕席,失向来之烟霞"。

我读王小波描述的"眼看潺潺流水,粼粼流光,落叶,浮木,空玻璃瓶,一样一样从身上流过去",很有沉浸感。我的"咫尺间,小溪清澈,流过/光影、树叶、落花和鱼……"就效仿了这一段。"小溪清澈",没有世态炎凉、钩心斗角、鸢飞戾天的污染,来让它浑浊。我还觉得,形容我的大学时光,应该有鱼这样灵动的动物作意象,所以加上了"鱼"。我躺在水底,无法改变时光的流逝,也愿意时光流淌带来变幻。"舒畅地呼吸"暗示曾经的秩序压迫中的窒息感——曾经污水浑浊,里面尽是烟头和塑料袋。关于"水母的裙边"这个意象,我想了很久:有什么美好的东西有如温暖的阳光般突然投射过来,又像用温柔的手臂"将我拥入其间"呢?我想到了"水母",金色童年的阳光可以透过她来温暖我,又多了一种梦幻的触感。

诗的最后,我觉得人应该像"草木"般活着,而不是"哪里需要往哪搬"的"砖",也不是磨损锈掉就可以废弃的螺丝钉,更不是钢筋水泥混凝土。人应该作为自然的人,享有大自然给予万物的包容。关于梦,我个人的体验是,梦境关乎想象。在梦中,最渴望的事会在下一秒发生,最害怕的事也会在下一秒发生。人心中希望与畏惧的博弈决定了梦的内容,梦中的事物因相信而存在。对于逝去的亲人,有人常常会因为思念,在梦中遇见,就像我会时常梦见2022年秋天离世的我家猫。所以,我坚信,只要我对自由与美的渴望压过一切悲观,我就会经常梦见最美的事物、最自由的地方。

参考文献

[1] 胡塞尼. 群山回唱. 康慨,译. 上海:上海人民出版社,2013.

[2] 海子. 海子诗全编. 上海:上海三联书店,1997.

[3] (清)王琦辑注. 李太白全集. 北京:中华书局,1979.

[4] 王小波. 黄金时代. 武汉:长江文艺出版社,2013.

[5] 王小波. 似水流年. 上海:上海锦绣文章出版社,2008.

我的那片海

张 苏（2022级汉语言文学）

　　这份羞于启口、藏于心间的爱或许很多年后，才能更大方地说出来。但此刻，仍想让你听一听，我的心脏正为你而跳动——前记

　　　　常常从阳台眺望，远方群山泼墨，青青
　　　　那色，卷过平芜。闲来时将手机翻转
　　　　360度的镜头，天地之间，我于此间

　　　　白蝴蝶栖满枝头，紫藤瀑布为九球搭上
　　　　帷幔。单樱双樱重复着未完的宿命
　　　　路边一枝早开的蔷薇在初夏散发着甜香
　　　　像女皇所执魔杖，秀丽地滋长
　　　　嘿，你看哪，夜晚的婚纱落满星芒
　　　　月亮挂在路灯上，摇摇晃晃
　　　　海棠却照着月的镜子，慵懒梳妆
　　　　海大园啊，好一片美丽

　　　　我尝试在清晨，心无旁骛地拥抱
　　　　初生的太阳，也时常呆立在路灯下
　　　　看强力的琉璃叶在血管枝脉中
　　　　晶莹地流动。我在冷风中经过
　　　　我在雨水中穿梭，我在人群中
　　　　擦肩而过，我也成了我自己

　　　　思绪在梦里纷飞，梦在海上漂流

罪恶的黑手,明亮的红烛

白杨从来都竖起脊梁,承担

这山川的重量。你或许不会理解

一个土地上长大的孩子有多么渴望

远方的蔚蓝。华夏的祖先苦苦思索

未知的遥远。当大海终于光顾了平原

当我终于找到了自己的那片海

新世界的大门缓缓打开,为我打开

幽深的海呵,年代是你的浪波

时间的海呵,充满深沉的汹涌

永恒的海呵,越过岬角港湾

奔向又一个百年

创作谈:

　　我的家乡在华北平原。上大学之前,我常常想象远方的海的模样,但从来没有到达过。从古至今,遥远的未知总是如此诱人。我想我们赤手空拳来到人世间,每个人或许都渴望着一片蔚蓝。海大静静地坐落在青岛这座海滨城市,海大就是属于我的那片海。校园之景时时为我带来美的治愈。在人与人的交往中,在各种情况的处理中,在人文精神的接受传递中,我逐渐学习、逐渐成长,逐渐找到了我之为我的真谛和我之为我的意义。所思、所见、所感,我在海大的崂山校园。一切仍是进行时。

我和你

张 苏

你点燃了火炬，蔚蓝
迎来深绿。在德军的兵营里
你牵着我，探寻国家的径密

红烛泪幽幽，满纸墨痕
书不尽血管里喷薄、流动
跳跃的簇簇心脏的波浪
繁星姣然，战火点点
蒲公英在一捧秋水中飘荡

教室里没有桌子，白粉
溅了满地，交织得密密麻麻
蚁群来往、迁移。太阳照旧
升起，月亮却不见
踪迹。黑暗的时候
我独自触摸着天空和大地

终于你醒了，剪断及脚的发
并理好衣襟。我蹒跚着奔向
你。远方山川湖海，火车
与航船相遇，越八千海拔
遥见一抹新绿

彼时，风与云热吻
而谁又举办着盛大的婚礼

五子八关相饮，万千个我
重聚。海洋浮在樱花里
结尾，不是结局

创作谈：

之所以是"我和你"，缘于笔者想要以这种方式，展示莘莘学子与母校的羁绊亲近。"我"是谁呢？对我来说，当然是我自己；但对我们来说，也是我们所有人。碧蓝之城，教育初行是新生的希望。恍然百年，岁月变迁，海大一片赤诚始终献于国家。海大包容接纳了无数个我，无数个我与海大并肩而行，走过一程又一程。即使战火中走散，我与海大也终会共赴新世纪。

诗中有闻一多先生的红烛意象，融入了海大的特色标志与景物，如八关山、五子顶、樱花，意象交织。"我"从海大走出，散于全国各地，但与海大的羁绊永远不会断。海大不是既定的故事，而是不断被书写、永远发展着的。学生谨以此诗，作为百年海大的献礼。唯愿母校乘长风，破万里浪，一往无前！

海大美景颂

张晓东（2022 级 中国史）

鱼山校区古韵长，欧风建筑别样妆。
绿树红墙相掩映，百年沧桑书卷香。
海风轻拂沉岁月，书声琅琅学术昌。
美术馆边栈桥畔，名胜环绕景非常。

崂山校区美如画，红瓦绿树景致佳。
山海相依多娇媚，碧空白云任喧哗。
樱花盛开春意闹，师生游客交口夸。
读书学习两相宜，景美人和乐无涯。

浮山校区雅而美，依山傍海空气新。
登高远眺碧海蓝，俯瞰全景我独尊。
古典风韵红绿间，雅致园林景致珍。
徜徉其中心胸阔，美景良辰怡心神。

西海岸畔新校区，碧海蓝天景致殊。
绿树红花频点缀，现代建筑气势足。
教学科研齐头进，图书馆里我不孤。
校园美景如画卷，海大校区又一珠。

百年海大景长在，鱼崂浮西济一堂。
人文自然交相融，大美校园育栋梁。
扬帆起航正当时，海大无愧好风光。
赓续前贤创业志，再谱百年新华章。

五月，在海大

赵东琦（2023 级英语）

五月，樱花留下的心意
把浓绿的叶子绕了
一圈又一圈，就像抽屉里
那一张唱片，如果唱
就清亮了嗓子，拉长了力气
把浅蓝色的校歌再唱一遍

五月，树叶的影子聚成了
一群鱼，在石阶上
听得仔细，倏然一阵风
它们雀跃着做戏

五月，爬山虎放开了
手脚，打算给图书馆后面
一座沉思的墙壁，装上羽毛

五月，脑海的相机装不下
这许多景色，不如就在
樱花大道的长板凳上，多坐一会儿

五月，早上和宿舍楼下的猫
一起打哈欠，突然记了记日子
发现学期的许多节假，都没了踪迹

五月，夜晚和看台上的金龟子
一起数星星，把竞技场上
张牙舞爪的喧闹收起来，垫进
宽大的新鞋子里

五月，两只疲惫的足球猫在花丛里
过夜，老的那只指着
自己掉的一块皮
给年轻的宣讲一些哲理

五月，屋后的云脱下了
灰色的外套，原来并不臃肿
浅浅淡淡的，像蓝衬衫上
盐味的汗迹

五月，把小窗子里的阳光揣进
口袋。路上播撒得叮叮当当的
不完全是钥匙

五月，将一颗樱桃举过头顶
让质地柔软、味道酸甜的想象
把自己包成一枚果核

五月，一只破茧的蝴蝶
刚刚振翅，随五月的风
上扬、上扬
它说——你来，是为了跳舞吗

致百年海大

赵东琦

数着，便近了
近了，是你不曾褪去的颜色
红瓦、碧树
还有星星点点的灯火
那是屋里的春秋
和瓦下日子的车辙
近了，又数着

望着，便远了
远了，是你烟尘迷蒙的屋牖
钩月、残梦
还有风尘仆仆的深秋
一多先生的笔依然很瘦
沈从文还擎着一支叹息的烟斗

而深夜摩挲着旧铁皮车的
是祥子泥污的手
老舍先生不说话
就像故居门口
那一株青青的耐冬
一站，站到百年之后
那是血肉的火种
和炬灰坐落的山丘

远了，还望着

走着，便明了
明了，是你眼底的曙光
新叶、涌浪
还有干将发硎的锋芒
那是勃郁的生命
和乘风破浪的帆樯
明了，更走着

那么，百川、海大
请拂了那阴霾
着了这华彩
去孕育新的飞鸟
向那更广阔的山海

与岸对谈

郑宇飞（2021 级汉语言文学）

在沙砾掩过脚面时，指针
悄悄打了个结。表盘上
于是凸起最后一颗星
下一片天幕即将揭开了
我终于下决心，与岸对谈

岸说，没有什么不朽
所有雕塑或铸像，都会
和脚印一样，被海鸥轻轻
衔起。浪花带走雕琢的履纹
就像风抚平海面一样简单

岸说，我并不富有
我有的仅仅是礁石和船只
礁石伫立，留下地基
船只远去，带走货仓
还有一些种子，正在长芽或生根

岸说，我什么也不祈求
不要船只归航，它们尽管远行
去码头或港湾，把那里当作故乡
不要浪花回返，它们尽管前进
在沙砾上，留下新一线水痕

窥探陌生,哪怕只多一寸

岸说,我什么也不必谈
海构成了我,一如我甘心作为岸
孩子,去听听涛声吧
那是海浪的呼吸,亦是我的答案

这一切,都与他无关

郑宇飞

春天适合恋爱,海水
透明,浸润裙摆或嘴唇
情人眼眸如镜,绽出
彼此的玫瑰色瞳孔
浪花轻轻吻过,留下淡蓝吻痕
但这一切,都与他无关

夏天适合奔跑,闪电
紧闭眼睛时,我们就拉紧
手,突破大雨的埋伏或封锁
霹雳跳跃时,我们也跳跃
拒绝悲伤、痛苦和睽睽众目
将野火挂在月牙尖儿上
点燃,权当黎明赶了早班车
但这一切,都与他无关

秋天适合沉思,趁着
枯叶旋转,三百六十度地思考
灵魂。也许,每滴眼泪都有故乡
在北方,母亲的怀里堆成庄稼
一阵风过,就掀起一层麦浪
但这一切,都与他无关

冬天适合怀念，磨碎
每个日子，过筛再沏成茶
细品，琢磨出点陌生的滋味
看书，读信，整理悲欢
把旧事抖抖灰，塞进大衣口袋
日历不再提起的，便搁在心底
但这一切，都与他无关

这一切，都与他无关
因为他是测量海岸线的人
沿着弯曲或是笔直行进
注视海平面上升或是下降
守望新淤陆地或是海水入侵
放声追问或是等候回音

这一切，本都与他有关
即使他仅仅是测量海岸线的人
可毕竟海岸线太长，生命太短

致 你

邹　艺（2022 级文艺学）

教学楼有如迷宫
学期初总上演抢课大战
二五广场夕阳西下
樱花大道花瓣飘落
人鱼雕塑静静竖立
海大园总是生命力勃郁

当碧波漾起，当钟声飘响
你鲜活、美丽得像个奇迹
百岁生日快乐，我的母校
愿您荣光无数，百年如初

我的海大，我们来日方长

邹 艺

明媚的时光落款于故事的尾页
樱花的淡香弥漫在我的诗篇
也浸染着那沓厚厚的试卷
青春的声音伴随着蝉鸣从耳畔
滑落，像是在叙说从前的光阴

你是我记忆里生生不息的瞬间
也是偶尔回想就会陷入的永恒
某一天若你听到了我的呼唤
故事便戛然而止、时间定格
那时，我半朽的心脏
将重新注入能量

弦歌不辍，少年热爱不息
我的海大，我们来日方长

听,海大钟声响

吴宇彤(2022 级汉语言文学)

虔诚问道数十载
身后有人问真否
青年海纳百川
青年取则行远
青年前途无量
一纸威福数年恩

青岛某个角落里的很多顿饭
失眠的床垫常落下崭新的暗
用什么偿我未达的岸
青年海纳百川
青年取则行远
青年前途无量
身后有人问真否
心猿罩物何为路

青年海纳百川
青年取则行远
青年前途无量
数载苦读心存真,何惧自困
青年海纳百川
青年取则行远
青年前途无量
但得胸中沟壑意不顺,曾言如未闻

海大，你用什么留住我辈
给我一纸蔚蓝的接纳
给我东方时代的航船
给我百年风浪中海的灵魂

幻听耳边你的声线
青年海纳百川
青年取则行远
青年无所不能
花开叶落岁岁年年
百年沧海桑田路远
毅然向最远方转身
夙愿只一念

我给你一个
久久地祈望着蔚蓝的人的回答
迢迢去路经俗世蹉跎
若就此停留，实辜负你的夙愿
聆音察理，为永远的理想奔走着的
是青年的清澈

四海之内皆兄弟
学海无涯苦作舟
两脚踢翻尘世路
扶摇直上九万里

海大园诸多树，系先贤 1924 年所手植也
十年树木，百年树人
今已亭亭如盖矣

相　配

吴宇彤

大雨落向矗立的塔楼
风云追逐着奔跑的海鸥
玲珑的钟声裹挟着猛虎般的理想
百年树人的承诺如此用心，周而复始

枯枝轻响，坠入泥土里安详
衣袖芬芳，触动一树新芽初放
芽叶花果笑，百年时光轻轻摇
波浪翻涌的影子来自远方
一瞬三年五载，百年也不过一瞬
他说，她说：你答应过我
我承诺过你，母校
我去创造一个远方给你看

冒险无所畏惧，不只停留在嘴边
信仰是心甘情愿，从不假装
缄默无言。誓言是有解的答案

书页翻动誓言，魂灵亲吻笔尖
蚕音作响的答卷变成眼睛
青春的绚丽与辉煌不是秘密

海大的学子们怀揣诚信的年轮

在时间的伏笔中，在红落的樱花里
摇曳一点又一点心绪
刻下一句又一句誓言

夏日炎炎，在朝晖里红火
新生的一天涨溢，开在钟楼的尖角
立起百年辉煌的憧憬与希望

百年的约定

吴凌希（2022 级汉语言文学）

云贵高原黔灵山，是我的起点
齐鲁大地小鱼山，是你的童年

一滴水，何以流淌百年
一弯泉，不足延绵万里
春阳破冰，百川归海
山山而川，向你而来

1924，你许下一个约定
教授高深学术，养成
硕学宏材，应国家需要

2022，我也许下一个愿望
持将五色之笔，浩气
大展虹霓，当祖国栋梁

秋风起，梧桐低吟，自己
也有了红裙；我终与你相遇
在你百岁生辰即将到来之时

世纪岁月峥嵘，海纳百川
百载征途漫漫，取则行远

你用百年光阴，储备英才
换我四年青春，终生难忘

暖春的樱花是你馈予的情书
清秋的梧桐倾听我们低语
盛夏的海浪送来你的叮咛
凛冬的晚霞让我不要哭泣

五子顶下，是你哺育的莘莘
学子、少年英才，一茬又一茬
我们跨越山海奔向你
终又化为涓流，奔向远方

"浩海求索是，谋海济国功"
百年道阻长，行远终将至

你仍保有世间永恒的纯净（组诗）

赵立筠（2020级汉语言文学，现华东师范大学中文系硕士研究生）

1. 你仍保有世间永恒的纯净

晚间雾，携雨泠泠而降
映月湖畔，覆薄纱的橘灯飘旋
无数纷飞的流萤

春樱凋零，槐树柔韧的青刺蜷起
翩然落于额前的梧桐叶子
茫茫夜雨下白鹭幽蓝的眼睛
漫渡今古楼台的眼睛

野山兔跑过，青山猗猗
莲叶无心浮水去
你仍保有世间永恒的纯净

2. 梦归

旧时月圆，蝉声萦窗，疏狂意气志未竟
银绦霜白，梧桐结子，丝弦杳渺歌古意
红墙映雪，冷梅坠玉，对月曾何空无梦
晚樱连枝，湖水新绿，夜夜魂归山海屿

仙士飘举，餐饮紫霞浮云
巨峰巍峨，裁去如练眉月

明晦流转，浑然万千气韵
仰止难至，唯余君子崇叹

碧血成灰，追寻奇迹结晶
怀故感烈，墨洒字字泣血
寂灭永夜，心向长空无尽
血火洗礼，辉盼大海安澜

3. 岁月诗

是滴水成冰
柏木籽一树万千
深蓝画布中绿珠的坠连
积雪满山

是暮草离离
粉赭云霞倾染长空
流转绸缎光华的兰叶
苍松血泪凝为琥珀

红墙之上描摹幻梦理想
生命、天真，不朽的荣光

红墙之下描绘海山图貌
自由、真理，未干的画梁

是槐梦若翩
山鹊呼唤一生的盛大幽微
草丛琳琅相碰的清露

海浪离岸远行

是月洒窗纱
湖面回旋静默的涟漪
炸响在黎明半空
晚樱的余烬
灰鸽衔芽而飞

4. 一生有多少夏日

夏天是海，关于
海风的声音和雪莱的诗剧
大雨倾盆，五区二楼的窗帘
被风吹乱潮湿的发
枝头槐花开得恣意

就像一行石刻文字的消隐
珀耳塞福涅女神为冬天哭泣
时间不是刻度指引，而是
隐蔽的绿色世界、赞美诗
失去的天堂与远离的明月

一生有多少夏日
一生能有多少这样的夏日
当再一次踏入这片土地
又默然告别

云

王海榕（2022 级汉语言文学）

海大
我为您打开心扉
那里涌动着千言万语。晨风
将它们吹向拂晓的蓝天
每片心绪都化作
云彩

浅粉的云
是憧憬，出自樱花大道
您笑着一边哼唱歌谣，一边抬起手，
将春天一点点放上枝头
繁盛于是取代荒芜
花开满树

洁白的云
是惊喜，源于映月湖
天气渐冷，您为湖泊换了一身新装
把漫漫冬夜凝入浮冰
月光洒上镜面
雪盖住湖

云如飞鸟
向喜鹊招摇，后者振翅展羽

凭借闯劲起飞,穿过梧桐新生的叶子
直到在您目送下,与云相遇
比翼前行

云似远山
与五子顶遥遥相望,风光独好
细雨滋养山间草木,奏响悦耳乐音
直到在您倾听下飘向高空
三日不绝

云彩
数不清的云在发光
所有心绪,连同这首小诗
都从爱中诞生,成为云的模样
都围着爱欢呼雀跃,一朵一朵,尽情抒怀
我一腔喜悦与您相见,热烈庆贺
您的百年华诞,期待着
与您共赴新的美好
海大

有情的重逢

王亚琪（2022级汉语言文学）

时光如流水，穿绕过日日夜夜
抬头回眸的瞬间，闪现忽明忽暗的一幕

友人笑着问：八年后
我们在哪里、在做什么
我顺着她的视线看向路旁
庆祝建校92周年的宣传牌

春天里的柳树，随风飘荡
紫花地丁如野草般冒出地表
车前草疯长在少有人经过的小径
最是四月的樱花，摇曳在仲春的碧空下
低头间，二月兰在树下迎风舒展

四围山色中，青春在风云变幻间翻涌
灰喜鹊静立在水杉直指蓝天的枝头
麻雀儿三五成群地寻觅掉落的草籽

重返海大校园的夜晚，回忆升腾起
连绵的烟花，悄然抖落
一地的彩屑，证明着自身的存在

我们走过

明度致知

梧桐落了,樱花开了
我们走过曾经的百年
书香依旧,呐喊犹在
捧满一掬春风,散入
春日里。梧桐落了
樱花,樱花,又将开了

青　鸟

明度致知

青青的鸟儿飞越
崇山,变成了微尘
飞入海,拥抱了
这一切,永不停歇

地上的人,听到了
它的呼唤,远望着它
飞远,是新的征程

一场叫作海大的梦

清 凇

是盘枝错节、环绕着九球坛的古藤新芽
是不分冬夏、依偎着五子顶的国槐樱花
抑或是摇曳弄影、晕染着树下空间的朝霞夕露
不知是哪一处景色，让我对"海大"这个名字
情有独钟、恋恋不忘

是书桌前键盘悉窣、奋笔疾书的倔强
是深夜里辗转难眠、互相倾吐的衷肠
抑或是晚风中喃喃细语、夕阳余晖拉长的身影
究竟又是哪一段记忆，让我提起海大这个名字时
便不能自已、热泪盈眶

还有依偎着胜利楼的沧桑老树、守望着浮山前的灯塔行船
还有那些走出去的守礁人、射箭人、航天人、海洋人
一百年雨露风霜，一百年扬帆远航
不曾改变的，是你给予的坚强的依靠和温暖的守候
无法抗拒的，是你淡泊宁静的气质和高远坚定的追求
不肯忘却的，是往昔近在咫尺的山的拥抱、海的胸怀

也许映月湖的莲叶至今还摇曳着谁对谁的告白
记忆中我们并肩走过的细腻典雅与曲径通幽
还有那份碧绿丝绦与源头活水，总能渲染出勃勃生机
犹记无数不愿停歇的脚步，只为跑出一个酣畅淋漓的青春

在科海求索的航行中,天空倒映着我们的十指紧扣
我们曾经在此努力的身影,是记忆中无与伦比的风景
即使是夕阳余晖,也倍加珍惜,因为不忍放手让时光离去

海大,是我们用尽全力拼搏三年、最终来到的梦想之地
是我们沉心静气奋笔疾书、扬帆人生梦想的初始地
即使决定跑向未来,却还要不停地回头张望
还想看看青石路铺满落英,还想轻吻樱花的脸庞
还想看看雪松银装,还想听听夕阳余晖下你静静念的诗

风里的八二林、雨中的凯旋门、灯下的背影、清晨的书声
这一刻的我,只想攥紧海大这一刻的时光,定格
这一刻你让我看到的你的模样

想为我的海大写一封信,用盛夏的风景化为精致的笔
缀上骄阳下,最后一片梧桐浇灌的海棠
混合着刚烘焙好的巧克力蛋糕的香甜味道
务必选择那年夏末秋初时精心挑选的米黄色信笺
在邮戳旁边留下猫抓印。我想,信的结尾是这样的

当时光被拉长,周遭一切都变了模样
我细数着走过的日日夜夜,托腮浅浅地沉醉
绯色的书页筑起精致的窗,看阳光微醺,看岁月静好
总有回家的人,总有离岸的船。而我知道
山间有路,沙漠有海,梦里有你

九秒钟的梦

张　元

晨曦割裂黑暗

日光从云层的罅隙里喷薄

袅袅的炊烟低喢着故人归

梦里的场景蓄藏在回忆中

第一秒穿梭过国槐和樱花的落日剪影

看花和枝叶翩跹而下

第二秒穿梭过五子顶和八关山的清透微风

听云和鸟雀在耳边低语

第三秒穿梭过弦月池和映月湖的浮光掠影

捧一抔月光肆意倾泻在冰面

第四秒穿梭过碑刻与塑像的岁月痕迹

凝望细密残纹下的肃穆厚重

第五秒穿梭过书籍圣典的泛黄扉页

悟墨迹流转的世事沉浮

第六秒穿梭过运动场的热血竞技

握住手边呼啸不止的风

在时间里追求距离

于是便产生了速度

第七秒穿梭过礼堂的青涩梦想

掌声是不必言说的背景音乐

第八秒穿梭过悬置半空的"创想之舟"

盼来年它的期颐芳华

第九秒穿梭回 1924 年的立夏

做一个不眠的梦

百年海大，你听我说

李清青（2022 级数据科学与大数据技术）

我常常想，作为一名"海之子"
海大，对我来说，意味着什么

是春天樱花大道上
吹送的一缕和煦的春风
是夏日树叶的缝隙里
透过的一束灿烂的阳光

是秋日走入梧桐大道时
头顶染黄的大片大片树叶
是冬天走出各个教学区时
天空落下的鹅毛大雪

有一天，冬日的暖阳
倒回成秋天五彩的树叶
夏日的汗水冷凝成春天的瑞雪

我仿佛在梦中，回到了
一百年前的海大
我听到海鸥剧场上一声呐喊
"放下你的鞭子"
我看到一多先生在黑板上
奋笔，簌簌落下笔灰

我好像是一条自由来去的鱼
在大海里畅快穿梭
看见一条又一条溪流
汇向大海的汪洋

画面一转，我又坐在了课堂上
粉笔，那丝丝缕缕灰白的笔灰
我一睁眼，是更新更敞亮的课堂
画面一转，我的耳边又传来了
台词声，在更大更庄严的舞台上

我一睁眼，就好像看见了
好多好多的鱼，在海里游着
好快好快，洁白的水花溅到我身上
我仿佛看见了无垠的蓝海
阔达浩瀚，泛着迷人的粼粼波光

海大园的四月，真好

刘晓倩（2023级中国现当代文学硕士研究生）

四月，轻柔的春风吹进了海大
一下子吹醒了整座学校

你展眼细瞧——
茶树抽了芽，梨树开了苞
玉兰花白嫩，小黄菊娇俏
单樱轻盈，双樱沉实
紫藤萝瀑布般招摇

你侧耳聆听——
池塘边，蛙声一阵紧过一阵
树丛旁，老有鸟儿鸣叫
有人蹲着修剪树枝
有人一路灌溉着花草
混着游人笑、孩子叫，好不热闹

你闭目回味——
便利的小蓝，观光车般的小公交
免费的粥汤，温热的洗手水，
食堂创新的美食佳肴
以及那花园般的住宿区
纵横交错的林荫大道

四月，轻柔的春风吹进了海大
校园的生活，多么美好

海大与他

陈沩泽（2021级汉语言文学）

既然是青年，便永远不会老去
只是柔软的胡须在一个又一个
嘈杂的梦境中日渐坚硬
未来的人们只管追逐遥远的事物
在一望无际的长河畔互相致意
祝福彼此青春不老、永远年轻
微风吹拂过昏沉的街道
昨夜的雨在月色中沉淀后
伴随着他的思绪，顺流而下

从前的万千颜色富有激情
能够遮蔽并淡化一切未来的苦涩
海纳百川的肚量缓缓汇聚着
成千上万个跃动着的思想
少男少女登上五子顶追风揽月
将迷茫酸楚的泪滴轻轻抛向
映月湖永不浑浊的一汪澄碧
生活中细密的苦难、复杂的情感
在一长街樱花的粉色海洋中
被渐次消解、融化，成为养料
哺育他们的躯体，修补他们的灵魂
阳光明媚，他们站立的每个地方
都有一个共同的名字：起点

"看看大海吧，再看看海大"
来自过去的风中不断传来呼唤
回忆是一条连绵不绝、没有尽头的路
谁都永远不可能再回到从前的春天
但山峰、湖水、樱花和一切永远
都在那个充满可能性的地方
那个历史车轮不断碾过又重生的地方
生生不息、历久弥坚的海大园
守望着此刻、过去与将来
与一茬又一茬年轻的生命一起
为青春和希望下一个宏大的定义

一百年不是太长，而是太短
海大永远是青年，不会老去
在毕业离开以前，再好好写首诗吧
从他的眼睛到每一寸肌肤
爱他的清澈和每一份温存
只听訇然的轰鸣声从远方传来
一往无前的海之子在纵横的路上
留下无数坚定而清晰的脚印

创作谈：

  海大百年校庆是一个辉煌、富有意义的日子，而作为 2021 级本科生的我，也正处在人生的重要转折时刻。因此百年校庆不仅是庆典，对于我的未来而言，更是关乎人生的一场决胜战役的能量来源和动力。

  回想初入海大园时，一切都是新鲜、生机勃勃、充满希望的。当时，自己的想法是，有时间，一定好好体验大学的学习模式和丰富生活。可是站在今天回头看，很多时候自己总是在纸上谈兵，不尽如人意。时至今日，每一门课程的学习都进入了倒计时，我愈发觉得应更加珍惜时间，可是时光如水、前途未卜。因此在海大百年校庆之际，除了发自内心的祝福，我还有一些感恩、惆怅、不舍的复杂情感，更有借百年校庆之辉煌伟力，激励自己在未来的人生中不断向前的意蕴。

海大与海之子之间是相互依存、相互促进的，只有海之子不断向前，海大才会越来越好。祝愿海之子能够始终保持海纳百川、取则行远的胸襟和态度。无论是过去、此刻还是未来，我都无比地感恩海大、热爱海大。在这里学会的东西，将陪我度过一生的奋斗时光。再次祝福海大百年生日快乐，感谢海大对自己的栽培和信任，祝我们越来越好。

里程碑

许幼函（2022 级日语）

为何用日月星辰的轨道将时间
定义，莫非历史没有自己的足迹
百年来有多少风风雨雨
怎能随便落下轻描淡写的一笔

我们需要一块巍峨的里程碑
将一切壮美的记忆深深铭记
让烈日、暴雨和狂风
也为之俯仰、为之叹息
碑文回荡着书声琅琅和书生意气
碑刻刀琢斧凿，是一个世纪的磨砺
是无数波澜壮阔的事迹

碑前人头涌动、万帆竞发
碑后也熙熙攘攘、无人远去
生命既然是时间的宝贵恩赐
那就再续过往的辉煌吧
几代人前赴后继、生生不息
里程碑既然驻足在这里
就让我们携手一起
翘首下一轮勃勃的生机

海之心

赵　璐、朱静怡（2022 级汉语言文学）

开场词：

叹从前，酒结八仙饮中醉。饮中醉，玉山倾颓，锦绣铺随。

百年辗转岁匆匆，莫言鸿雁西飞去。西飞去？不须愁予，迟迟
不息。

　　　　百年前，你被汹涌的历史浪潮
　　　　唤醒。你缓缓睁开澄澈的双眸
　　　　海水是你奔涌的血液
　　　　狂风是你桀骜不驯的呐喊

　　　　北纬三十五度的阳光
　　　　与浩渺无边的海水相遇
　　　　折射出你的倩影、你的轮廓
　　　　如此绚烂耀目，如此摇曳多姿
　　　　浓密的绿，轻柔的粉
　　　　静谧的蓝，梦幻的金
　　　　纯粹的白，冰洁的银
　　　　这些色彩描绘着你
　　　　历经百年的风烟与灵魂

　　　　你是映月湖畔的天鹅
　　　　悠然地划过历史
　　　　那琉璃般静稳的湖面

昼夜拨弄着涟漪做的琴弦
低吟浅唱着古老的歌谣

你是八关山的梦
梦中生长出地母的胚芽
默默滋养着文明的血肉
一代代学子沉醉于你
纵情地休养生息
最终带一捧梦境的泥土
告别你温暖的怀抱
走向社会，走向四野八荒

作为海洋之子的你
灵魂里有着与生俱来的血性
你虽浪漫温情
却从不迂回软弱
你一手拈花，一手持剑
勇立时代的潮头
与无时不在的风浪搏斗
守卫着知识与荣耀

狂暴的风雨在你面前
如被翻滚的大海截住前路
只能收敛羽翼，怅然归去

百年的你，神秘而精彩
无法被单一定义
正如我对你的感情

千言万语也难以道尽说清

于是,我在我的诗行中
献出满腔的赤子之心
以此在岁月的年轮里
深深地刻下祝福你的铭文

闭幕词:

天微明,远山沉醉风雨声。风雨声,湖心微漾,草木葱葱。

射光直照云销雨,师生共庆百年功。百年功,炮竹响落,鼓乐轰轰。

致海大

赵 璐

我翻过连绵的群山，
乘桴驶过沧海，
在与暴风雨的斗争中重拾
最初高贵的信念。
这是山海间你百年的馈赠，
兼有那无限的期盼。

给灯塔一次机会，
散尽我内心所惧，
我注视着你，应允波涛召唤，
奔赴对我的邀约。

我若离去，你将留守。
我若归来，你仍会在原地，
如大海中的驳船，屹立不倒。

我满心都是你啊，
你若舞动，我亦蹁跹，
你身着海蓝军装，扬帆起航
在历史的风雨中尽情挥洒，
你投身斗争，而我与你并肩。
那岁月斑驳的光影依稀可见，
而时间不会阻止你的脚步。

温柔是你的梦，
我在你碧波荡漾的梦境中纷飞，
落日光辉穿透崂山的藤蔓，
花样年华仿似昨日，
已长存于过往。
夜空中樱花点点，
悄无声息中，从天而降，
纷纷散落在四处，
雪一样粉白地飘落在海滩上，
一如你由内而外燃起的火焰。

你若唤我，我定飞奔而来，
不会有一丝一毫犹疑。
我会不顾一切，
宛如飞蛾扑火，向你走去，
即使筋疲力尽。
花样年华，青春岁月，
就这样于心底深处燃烧；
日落晚霞，渔村小镇，
敢问旧日回忆，何处可寻？

时迈·海大赞词

白　杨（2021级汉语言文学）

（一）

巍巍学府，在海之东。气象俨然，经纬无穷。
于焉讲筵，百辟是同。期颐倏须，六选赓通。
虎帐成均，双艮含泓。聚气藏灵，酹酒与弓。
古圣有道，与国相融。吾思往贤，亦咏今风。

（二）

大海之东，有山称雄。登彼胶鳌，仰止高穹。
学宫初立，以德为功。七子思归，红烛耀空。
敦阜而生，黔首是忠。但体民瘝，今推王翁。
踏浪而歌，艺启童蒙。诗接远方，逸气长虹。

（三）

彼何贤者，在海之滨。神物所居，天地为珍。
龙蛇起陆，鱼鲨成鳞。神农所献，匪自蓬垠。
洋流其奔，既浚则深。顶戴日月，手摇橹彤。
蛟蜃作市，风雨晦尘。舟楫颠倒，鱼龙逡巡。

（四）

芳草茵茵，秀木蓁蓁。邦拂咸集，昭音孔仁。
达彦在列，才隽俗醇。吾闻古道，与物同春。
登台窥象，铁志不泯。斩蛟截水，维海济民。
同窗共载，采芹泮津。但言相勖，愿为长邻。

创作谈：

这四首诗的灵感来自李婧老师的文史要籍导读《文心雕龙·神思》篇。她曾建议我们，模仿《文心雕龙》正文后面的赞语，来为海大写一首"赞词"，以感悟创作构思所经历的各个环节。这次的诗歌创作是对当时未能完成的海大赞词的完整呈现，故而保持了赞词的四言格式。

题目《时迈·海大赞词》源于《小雅·时迈》，诗中歌咏周王敬祭山川百神，主张文治，以此来巩固帝王之业，具有"现时""众多"的意思，反映了西周时期天人合一的观念。这与我的思路不谋而合。

我希望能以东方蓬莱神话母题为蓝本，将东夷民族在胶东生活所形成的瑰丽想象寄予海大的历史沿革、科研成果、名家学者来介绍。实际上，很多神话传说，像是"海底龙宫""不死神药""海市蜃楼"等，也因为海洋科技工作者的不断努力，在当今的科学领域逐步成为现实，或者可以为科学所揭示。这也是身为海大人所独具的骄傲与自豪。而由于这四首诗中包含了繁复的意象、用典与先后关系，我将采用逐一注释的方式，来阐释我的诗歌创作。

（一）

巍巍学府，在海之东。气象俨然，经纬无穷。
于焉讲筵，百辟¹是同。期颐俟须，六迭²赓通。
虎帐³成均⁴，双艮含泓⁵。聚气藏灵，酹酒与弓。
古圣有道，与国相融。吾思往贤，亦咏今风。

1. 百辟，①诸侯。《尚书·周书·洛诰》："汝其敬识百辟享，亦识其有不享。"②百官。德宗贞元十九年（803）科举考试，侯喜、贾𫗧等人以《中和节百辟献农书赋》为题，百辟即百官。③古代兵器。魏武帝曹操令制。以辟不祥，慑奸宄。

2. 中国海洋大学建校经历了六次校名或组织机构的变革。

3. 虎帐代指鱼山校区前身为兵营，王建曾有《寄汴州令狐相公》诗："三军江口拥双旌，虎帐长开自教兵。"

4. 成均（chengjun），古时侯的大学《礼记·文王世子》："三而一有焉，乃进其等，以其序，谓之郊人，远之，于成均，以及取被友谊温暖的瞬间爵于上尊也。"如果读为"chengyun"，"均"又有古代校正乐器音律的器具的含义，后来引申为和谐的声音,写作"韵"。这样的话,无论哪一种解释都能够体现鱼山校区建立的历史,都是合适的。

5.《水龙经》:"平洋只以水为龙,水绕便是龙身泊。"中国海洋大学崂山校区的地形特点,从外部看为"山环水抱",从内部看则有"山随水转"之妙。

中国海洋大学的雏形私立青岛大学最早创立于一段阵痛频发的时期,其中既涉及了直系奉系军阀的派系斗争,也受日本等国外势力盘桓的影响,如同一幅中国近代史的缩影。而其后在私立青岛大学旧址上建立的国立青岛大学也就是后来的国立山东大学,却在战乱频仍的年代,受到了南京国民政府以及后来中华人民政府的支持,所以在这里使用"百辟是同",既符合唯物史观下学校成立的历史,解释为各路英豪都支持,发展得到了举国之力;也可以认为,在这样动荡的时期生存下来难能可贵,受到庇佑都是可以解释得通的。

介绍了时间这一向量的纵向发展,不得不再提一提海大所处的空间。实际上中国海洋大学适逢建校百年嘉庆,经历了六次变幻仍然屹立、文脉赓续的原因,既得益于上文的"百辟是同",也或许源于它的外部环境"山环水抱"所达到聚气藏风的功效,而内部呈现五子顶和行远楼涵聚映月湖水系,故为"双艮含泓",实得风水堪舆学妙处。而"虎帐成均"无论是解释昔日兵营变成现在的学校、还是干戈化玉帛都是解释得通的。所以在介绍海大崂山校区地理位置上,有心人读到此处也不得不啧啧称奇。

正是在这样得天独厚的环境下,时光飞逝,海大建成了"酒"与"弓"并存、文理交相辉映的综合性大学。而"酒"与"弓"两种意象也来自尼采在《悲剧的诞生》中所构建的理性与情感两种力量。所以我在第二首、第三首中,分别介绍了海大的文学和海洋学科所取得的成就。

(二)

大海之东,有山称雄。登彼胶鳌[1],仰止高穹。

学宫初立,以德为功。七子思归,红烛耀空。

敦阜[2]而生,黔首是忠。但体民瘼,今推王翁。

踏浪而歌,艺启童蒙。诗接远方,逸气长虹。

1. 鳌山,即崂山,元代丘处机认为崂山面对大海,形同巨鳌雄踞于东海万里碧波之上,曾作诗曰:"崂山本即是鳌山,大海中心不可攀。"

2. 敦阜，为土的别称。王冰注《黄帝内经》解释："敦，厚也；阜，高也。土徐，故高而厚。"后沿用。

　　在第一首诗中，我们已经将视角牵引至"在海之东"。而进一步登上高山，就会不由得感叹"高山仰止，景行行止"，为这里的文脉悠长而感叹。我们都知道，齐国的"稷下学宫"曾经是百家争鸣的滥觞之地，如今的中国海洋大学各学科门类齐全，学术氛围浓厚，而学者的品行更为厚重——有写下《七子之歌》《红烛》和《死水》的民主战士闻一多；有抒写民族苦难与生命意志的"泥土诗人"臧克家；有至今仍然活跃在文坛上的"人民艺术家"王蒙。

　　在这样的明星巨擘引导下，海大的文学研究蓬勃发展。"踏浪而歌"为海洋文化研究所，"艺启童蒙"为王蒙文学研究所和国际儿童文学研究中心，"诗接远方"则指的是一多诗歌中心。"逸气长虹"本来是"诗仙逸气舒长虹"一句的化用，对于大学生这一群体用"意气"或者"义气"，或许都更能体现出青年人的血气担当，但都达不到"逸气"与"长虹"这样以意象对举所能带来的对于各种创作风格、生命体验的包容，因而显得格外壮阔。

（三）

彼何贤者，在海之滨。神物所居，天地为珍。
龙蛇起陆，鱼鲎成鳞[1]。神农所献，匪自蓬垠。[2]
洋流其奔，既浚则深[3]。顶戴日月，手摇橹舤。
蛟蜃作市[4]，风雨晦尘。舟楫倾倒，鱼龙往关。

1. 西汉《大戴礼记》将禽兽万物划分为了五虫，为羽毛甲鳞倮。又有传说认为："天地之间有五仙，为天地人神鬼；天地之间有五虫，为赢鳞毛羽昆。"动物可以通过修炼"鱼跃龙门"。

2. 秦始皇曾派徐福带领三千童男童女东渡寻长生不老药，未果。"其传在渤海中，去人不远，盖尝有至者，诸仙人及不死之药皆在焉。其物禽兽尽白，而黄金银为宫阙。未至，望之如云；及到，三神山反居水下，临之，风辄引去，终莫能至云。"（《史记》）

3. 道教仙人吕洞宾在成仙之前的第七次考验：乘坐小船外出时，忽然刮来一阵大风，水面变得汹涌起来。船上其余人都吓得面无血色，唯独吕洞宾一人淡定地坐在船尾，将生死置之度外。

4. 海市蜃楼，"海旁蜄（蜃）气象楼台；广野气成宫阙然。云气各象其山川人民所聚积。"(《史记·天官书》),原指海边或沙漠中,由于光线的反射和折射,空中或地面出现虚幻的楼台城郭,蜃(蛤蜊)为雉(麻雀)入海所化。后来也有附会作"罗刹鬼市"之类的故事。

这一首诗其实写作过程颇为忐忑,写就也很不安,因为对于海洋科学的知识储备严重不足,所以与神话结合得也更紧密。在中国人的神话体系中,蓬莱仙岛无处不在:"忽闻海上有仙山,山在虚无缥缈间"是白居易的蓬莱,"蓬莱宫阙对南山,承露金茎霄汉间"是杜甫的蓬莱,"今来海上升高望,不到蓬莱不是仙"是杜牧的蓬莱。而我将这个地方概括为"龙蛇起陆,鱼鳖成鳞",也就是有诸多传说中的神兽,而它们又修仙得道不断进化,与外界的规则是不同的,所以就有很多迷途仙山、神人赠药、死而复生的故事。

以管华诗为代表的海洋药物学专家编撰《中华海洋本草》取代了"服食九转,长生久春"的蓬莱仙药;文圣常为代表的海洋物理学专家对于海浪理论的研究处于世界尖端;此外,还有船舶水产研究方向的诸位学者同人。正是他们的不断努力,才能够让科技发明造福我们的生活,所以说,我们所享受的一切"非自蓬垠",并非仙人所赠,而是在他们"顶戴日月,手摇楫彤"的长期艰苦研究中得来。所以,曾经人们以为的"海市蜃楼"异象、风浪天阻断渔民生计这样的自然灾害,都转化成人们"风浪越大鱼越贵"这样对于生活的美好远景。

(四)

芳草茵茵,秀木蓁蓁。邦[1]拂[2]咸集,昭音孔仁。

达[3]彦[4]在列,才隽[5]俗醇。吾闻古道,与物同春。

登台窥象,铁志不泯[6]。斩蛟截水,维海济民。

同窗共载,采芹[7]泮[8]津。但言相勖,愿为长邻。

1. 邦士,即国士,一国之中才能出众的人。"知伯以国士遇臣,臣故国士报之。"(《战国策·赵策一》)

2. 拂士,辅佐君主的贤臣。"入则无法家拂士。"(《孟子·告子下》)

3. 达士,见识高深不同于流俗之人。"至人能变,达士拔俗。"(《后汉书》)

4. 彦士,德才兼备之人。彦,《说文解字》:"美士有文,人所言也。"段注为"美士为彦"。

5. 才隽,即才俊,才能出众者。"君性烈而才隽,其能免乎"(《晋书·嵇康传》)

6. 海大校友李文波获得感动中国人物的颁奖词为"能受天磨为铁汉"。

7. 采芹，明清时指入学或指考中秀才，成了县学生员。"俊髦虽育芹宫，桃李未荣上苑。"（《鸣凤记·邹林游学》）

8. 泮，即泮宫，古代的国家高等学校。出自《礼记·王制》："大学在郊，天子曰辟雍，诸侯曰泮宫。"

　　这里本来对应先介绍良师再介绍益友的顺序，先有"林木蓁蓁"后有"芳草茵茵"但是为了读起来更为通畅，还是这样保留。其实在这一段开头，也有对殷振文老师在外国文学课程上，所发出的古典文学、现代文学谁是"成人"谁是"婴儿"的疑问的回应。在后面，则介绍了海大的五种贤人，分别是"邦士""拂士""达士""彦士""才隽"，化用"致君尧舜上，再使风俗醇"这样传统的儒家济世情怀来代言。

　　在这样有大情怀的环境中，"与物同春"作为浪漫主义，是对下一句"朔气吹衣"的现实主义感叹的引导。因为在我们的生活中，仍有"豳风"所吟咏的情绪体验，而海洋大学正是以"谋海济国，向海图强"为发展导向的。"斩蛟截水"则是对于古老神话"大禹治水"以及齐国勇士顾冶子斩蛟救主的回应。也是神话主题的复归。

　　而在这样的雄伟蓝图中，我除了向达彦才隽、各位良师学习外，还有很多益友与我一同努力。"采芹"一句是我对当今自身的一个定位，当然也请于老师指正。很喜欢《九章·橘颂》里的"愿岁并列，与长友兮"。所以我也在最后勉励自己，与同学、与海大都能够"相劝，长邻"。

身 影

付玄灵（2023级汉语言文学）

我看见了你的身影
在历史的硝烟中显现
你脚步沉稳地走来
从旧时代的风中
扬起了新时代的帆樯
带来了东方耀眼的红
这红百年来历尽千帆
在大海的磅礴里迎风受浪

我看见了你的身影
在惊涛骇浪里乘风远航
身条挺立地向着前方
在旧日的大海中
寻到了新生的希望
你高高举起强有力的臂膀
抓住即将喷涌的时代浪潮
站在了崭新的航线上

我看见了你的身影
在时间荏苒里毫不停歇地奔波
用一砖一瓦筑起四座大学院墙
让海之子在你的校园里修养熬炼
用坚实的地基助他们翱翔
你永远浩瀚，永远宽广

海大的春天

陈莹鉴（2021 级汉语言文学）

我携一万吨思念破壳而出
彼此的心思能够穿透深锁的心脏
我没忘，我在隐藏
直到它膨胀成春天的引信

我将清晨的露水一嗫而尽
走向樱花的一路缤纷
锁定春天的全部、海大的全部
湖边悄悄伸出千万条嫩柳
春天，首先是一种触觉

我向着五子顶呢喃
在那一刻，我望得很远很远
满坡的野草沿着我的脚印蔓延
试图摘走顶上的小小弯月
春天，也是一种视觉

海大的复句看似漫长、长达百年
不过是标点了几片嫩叶、几个花瓣
山海参差，岁月蜿蜒
我们徜徉在春天里
我们相伴在校园

秋 声

葛竞翔（2021 级汉语言文学）

一夜秋风掠海渊，江山如画鸟翩跹。
云开远岫浮青黛，雾涌层林染紫胭。
心系靴城怀故地，身栖琴岛盼明天。
登高屏息听千籁，不羡莼鲈隐逸仙。

出　海

尹文慧（2021 级汉语言文学）

蓝茫茫的雾霭中，孤零零的帆
倔强地逆风支起，向着怒啸的浪摇曳。
桅杆吱嘎作响，仿佛老人饱经风霜，
在轻微的颤动下，发出阵阵呻吟，
细微的裂缝宛如一道疤痕，
冷酷地蔓延在脆弱的木杆上。

年轻的舵手胆战心惊，趁着熹微的晨光，
用力辨认风标的方向，固执地证明着，
即便如此，脚下的船也能破浪远行。

终于，当金色的光芒驱散海雾，
无数木屑和尘埃从桅杆中迸发出来，
好似尖锐而刺耳的一道道闪电。
而此刻此时，空中除了凄美的弧线，
还有那耀眼的新生的光辉。

就这样走过鱼山路 5 号，走过
香港东路 23 号，走过
松岭路 238 号，走过
三沙路 1299 号……
从未停歇的脚步永远稳健，
掷地有声，充满力量和美感。

还是当年那个舵手，他踏浪而来，
锐气丝毫未减。但多了些浪漫，
时常读月揽风；多了些沉稳，
偶或观澜听涛。他似乎更年轻了，
那么意气风发，那么自信从容。

蓝茫茫的雾霭中，巨大的帆
精心地系在桅杆上，期待着与海风
拥抱；螺旋的绳索好似琴弦，蓄势
待发，期待着与海浪合奏。

终于，当金色的光芒驱散海雾，
船头高昂，稳健地驶向远方。
一道道优美的弧线在海面上画出，
激起的银白色浪花无心撼动船身，
只和风帆共舞，在光影中摇曳生姿。
甲板上，他目光坚定，又充满柔情，
就那样沉静深邃地注视着远方。

故 乡

李晓熠（2022 级汉语言文学）

我一路向东
悄悄追着我的是夕阳
掠过一孔孔窑洞
我隔着车窗,向远方眺望
混满泥巴的黄河水
蜿蜒着流淌
连片的庄稼
不及戈壁的荒凉
丘陵披上青衣
山脚下错落着平房
在时空交错的每个刹那
我浑不知身在何方
身向何方
不敢回头望
内心深处是故乡

创作谈：

　　2023 年暑期,我独自坐火车,从新疆乌鲁木齐前往山东日照支教。那次并不是我第一次自己坐长途火车,却是第一回从家出发的旅途。两天一夜,34 个小时。一路上,从光秃秃的戈壁,到被绿色铺满的丘陵,景色接续变换,火车却从来没有慢下速度。于是,我盯着窗外发呆,接受着这样连贯又无法停下来的改变,内心生出了想写一点东西的想法,然后就有了这些文字。

　　我不知道它算不算一首诗。我每每想到那段经历,就会把它翻出来读几遍,但我总还是觉得幼稚、过于简单,所以迟迟不敢将它向于老师分享。但最近几次听百年新诗的课,越来越感受到诗里的文字并不需要绝对的华丽,简单的真诚也能传递珍贵的情感。于是,我迫不及待地翻出来,向于老师分享这些简单的文字!

那个时候,一路上窗外景致变换,心中只感兴奋与期待,因为毕竟认同孩童必须独自经历成长,才能去向远方。我也在奔赴我的未来。可写着写着,好像的确有点伤心的味道。火车从西向东,我虽然喜欢秀美的景色,但我也开始控制不住地怀念熟悉的戈壁滩,想要奔赴的未来似乎也不全是欣喜和期待。我曾经一直认为自己的心不在家乡,不在大西北。我能够随遇而安地享受每一片土地。我认为那是自由。可不知什么时候,我也开始有了这样微妙的感情——大概就是从想要写下这段文字开始的吧。

夏

时　茹（2022级汉语言文学）

夏天的光影
像人类共同的梦
自另一个世界
悠然敞开

秋冬厚重
而夏天已熔
有着梦一般的质感
些许黏稠
剔透晶莹

安　静

时　茹

走僻静的路
做漂浮的梦
在风暴的中心
挽住内心的缰绳
在拥挤的时节
小心翼翼地盘桓

我的言语很少
刚够描述自己
和月光渲染的梦境
我的情感不多
回应了真情切意
余下的留给自己

我轻轻地活着
几乎没有什么声响
所以能听清
窗前蔓延的枝条
心底坍缩的意绪
和言语藏住的词藻

我安静地活着
心跳是我恒常的韵律

呼吸是我的絮语
我用一贯的沉默
与自己争吵
敲下无言的字句
试图唤醒沉睡的灵魂

替 她

时 茹

海大是巍峨的生命，
她静立着，什么话也不说；
我替她经受此地的欢喜与烦忧，
感受着她缓缓吐息。

我替她见证海浪与礁石的抚触，
潮起潮落现出时间的错落；
替她细嗅陈砖旧瓦、红白交错，
罅隙里的帧帧回望，一眼百年。

我替她触摸樱树新长的枝丫，
生命的年轮被一圈圈刻下；
替她去倾听吐故纳新时的喧闹，
年复一年，又年异一年。

我替她翻开一本有百年包浆的书，
岁月的印痕松脆、沉香；

替她弯腰拾起湖边的一抹灵光，
用来点缀以青春为名的记忆册。

她百年间默然久立，有如新生
她的梦中是漫漫岁月深流，
醒来注视着身旁驻足停留的某某，
也注视着我。

她投我以穿越百年而来的波澜，
授我以荟百川之萃的灼灼真理，
有一天，我会替她去看看别处的山海，
替她把名字带向远方。

前世未寄出的信

林宇聪（2021 级新闻）

在好几个前世的轮回里
我们早就见过面

第一次是在一个漆黑的夜晚
我抱着一本红白封皮的杂志
一声不吭地扎进了黑暗
就像一粒沙子投入水中
没有发出一丝声响
那无边的夜也只是微微荡起涟漪

第二次是在一个寂静的黎明
我扛着一面鲜红的旗帜
枪炮声和火光穿过我的身体
在我倒下的那一刻
火热的太阳追上身来
漫长的黑暗化为短短的影子
最终被光明吞噬

第三次是在一个恐怖的台风天
我登上一艘巨船
同汹涌的浪涛搏斗
后来乌云散去，风雨渐停
轮船回到码头

你焦急地询问我的下落
船上的人却带来了我失踪的消息

今天,在一个落樱缤纷的傍晚
我和你靠着樱花树喝酒
不知不觉间
天上的云飘成了樱花的样子
苦涩的青梅酒仿佛也香甜起来
百年的时光里
我终于在今日和你相遇
百年的风云中
我终于在盛世和你相拥

水龙吟·献礼海大百年校庆

胡谨言（2022级数学与应用数学）

抗日战争期间，海大校友韩宁夫参加了"淮河阻击战"；海大校友周持衡作为山东省东平县县长，组织抗日武装，给日寇以沉重打击。他们是那一代海大人的杰出代表。

山遥雾湿滨风薄，海色朝光争秀；
百鸣声叠，高楼连苑，樱繁菊瘦。
夜半书声，轩中灯影，满庭清昼；
看谋海勋业，文章才气：物华茂，人依旧。

犹记神州沉朽，有书生、弃家奔走。
东平城里、淮河岸上，仓皇贼寇；
万里重洋，艰难求索，百年悠久：
会当兴赤县，天涯同志，再温歌酒！

我与百年海大

颜子秦（2023 级数学与应用数学）

细雨蒙蒙，眼前雾气织成幕布
我撑开伞，不由地加快脚步

秋分已过，百花凋破
孤高的黄叶也经不住冷雨折磨
寒风一扫，零零散散飘落

眼前的石阶盘虬着步步上升
藏起了陡峭的身形，向雨幕尽头
蜿蜒。我站在荒草地上
赶紧追了上去，登上山巅
一头扎进冷冽，仿佛
进入了另一个迷蒙的世界

这里春红未谢，空气中弥漫着
花露的甜香，地上到处是
稀碎的阳光，人间正莺飞草长
校园里面完全是一番别致模样
"国立青岛大学"的牌匾
闪着熠熠光芒。杨振声先生
走过时，学生们招呼打得响亮
彼时炮火未断，有识之士日夜
摇旗呐喊，一颗颗革命火种

悄无声息地埋在齐鲁大地
只待冲破黑暗的那一天
整个九州要为之绽颜而笑

你看，那坚贞的白石
青松和大海，荧荧红烛流着
泪，点亮一潭绝望的死水
你看，那撑船的女郎
和谁在夜夜愁苦地歌唱
你看，那拉车的壮汉
又被谁迷失了生活的方向

中学时光即将结束，女孩们
奔走高呼："青春万岁"
额尔古纳河静静流淌，流逝了
多少对自然的爱与哀伤
无数人物粉墨登场
誓要闯荡全新的旅程
纵使姓名将湮没于野火
也要年年春风吹又生

眼前光影交叠，刹那间天与地
交融：梧桐树破土而出
樱花海波涛汹涌
五子顶郁郁葱葱
让人觊觎可有宝物蕴藏
映月湖波光粼粼
为行客送来缕缕清凉

在黄海之滨，在崂山之巅
一百载梦想孕育
蓝色校园巍然矗立

哦，那就是你呀，我的海大
大先生们在这里书写年华
先烈把鲜血浸入墓志铭
海纳百川，取则行远
百年海大风华正茂，而我
愿意做一朵奔涌的浪花
只等朝阳升起的一刹
跃入大海，跃入海大

雨过天晴，眼前重现光明
我收起了伞，驻足良久

百年时光的旅客

李诗尧（2021 级公共事业管理）

时光的旧章节如黄叶般悄然
飘过，斑驳的墙壁在静默中
诉说。微风拂过我的耳廓，
我听到岁月在轻轻叹息，带着
书香的余韵。凝视这斑驳的百年
史卷，星星点点的幽微线索
等待我去一点一点解读

我看到了泰然自若的白发先者
先生的思想如潮汐般涌动
如星辰般璀璨。我注视着
象牙塔里的莘莘学子，他们
撑着求索的孤舟，划向知识的彼岸
"敢问前辈，当年海风如何"
"那是自由的风、探险的风，
它拂过海浪，也拂过我们的梦"
"敢问先生，教育的真谛是什么"
"那是启智明灯，是思想火炬"
"百年后呢？百年后又是如何"

在这深蓝的大海之畔，我们
扬起科学之帆，探索浩渺的深邃
海底，勇攀无尽的峻拔山巅

她依然胸襟如海，气象万千
纳百川，容巨流，汇聚无数
精英硕学。先生莞尔一笑
缓缓离去。仿佛做了一个
短暂的梦，梦里我是时间过客
穿越岁月长河，倾听智者谈笑

如今的红瓦与绿树仍然健在
如今的海大与大海依旧伟岸

无数的我们乘着东方红 3 号
穿越万里迷雾、千层巨浪
不断迎来崭新的曙光

山海之约

赵怡童（2021级食品科学与工程）

天的尽头是海，海的尽头是天。
天与海的彼岸，是云与山的相约。
风吹云舒卷，缱绻了怀念。
仿若泪曾滴落，又倏尔消失不见。
漫随碧浪，化作波光点点。

你听见风倾诉着谁的执念，
回首尽是浩渺无边；
你看见帆搏击着浪的翩跹，
群山呢喃着沧海桑田。

天与海的彼岸，你微笑、挥别。

曾叩问苍天，亦合掌祈愿：
愿不负此生，愿此心无憾。
百川归海，方源源不竭；
心之所安，遂行稳致远。

你看见百年学府风华不减，
巍然屹立于山海之间。
盼一场春光烂漫，看樱花漫山；
等一季秋霜凛冽，听风吹林间。
你领略先生之风山高水长，

谆谆教诲铭刻在心间。

春秋代序，枯荣几载。
月不曾暗，星不曾眠。
昏黄的灯光轻轻摇晃，
影子短短长长。一步，
两步，寂静于是有了声响。

白昼第一缕阳光洒在红房顶上。
寸寸藤蔓，肆意生长，
随泥土歌唱，伴清风飞扬。

悟往事已矣，但觉来日光明灿烂；
纵世路多歧亦扬帆，过万重山。
你暗许以吾心之沸腾热血，
谋海济国，任重而道远。

迷雾散去之际，你昂首阔步向前。

我曾经的山和水

张佳鹏（2021级土木工程）

我看到,过往之风恣意地吹拂在
今日这洒满夕阳辉光的校园
我看到,旧时海浪轻快地拍击着
秋日中这死而复生的土地

旧日,那既陌生又熟悉的面孔
在你的泥土中栽种稚嫩树苗

而今,我看到你八二林中
枯死的树木与长青杉木并排而立
生命与理想在这泥土上延续

过去你以山水待我时,美丽而温柔
在你百岁之年,我重回这片故土
呆望着这过往的云山默默矗立

我终于再次回到你这里,这曾
包容过我的柔软的世界。此刻
记忆中那属于我的时光已不再远去

但那曾经的山和水啊,我终将远离

不知数年后,当我在黑暗之中独行
是否会想起此前,在你臂膀下
那一个个痛苦与温柔交织的夜晚

山 海

——献给百年海大

雷程杰（2022 级海洋科学）

你是大洋深处一叶古老的舟
引领浪花，唱着一首百年的歌
你是葱绿深处一只欢跃的鹿
吮吸朝露，奔向那黎明的远途
你睁开你蔚蓝的双目
洞彻每一寸海川与大陆

你用樱花儿急不可耐的呢喃
弯着腰，点缀着粉红的春幕

你似梧桐发了芽儿般热烈
红着脸、伸出手捧来一抹盛夏

你有将要坠入海面的漫天霞霭
静默地凝结了秋天的暖黄

你接纳每一粒来自天空的素尘
温柔地缔造了名为冬的黄粱

山的这边，有一位百岁老者
扶了扶古雅的老花眼镜
海的那边，有一个稚龄孩童
怀揣着梦想，憧憬着彼此
相逢在这辽阔的山海之间

假如远方是一片海

王　喆（2023 级海洋资源与环境）

我总在眺望远方
那时的远方山连着山
在山峰上远望
湖风吹向
远方的远方

曾经的远方没有大海
大海只在梦里、在歌中
我的世界虽然很狭小
可心里却盛满大海

假如远方是一片海
山峰是否会因此低矮
假如远方是一片海
湖泊是否会因此褪色

梦中的波浪终于触手可及
我款款走进海大
梧桐树叶在路灯下摇曳
我知道那是海风的形状

海棠与樱花
是春天的海大

我面向大海
期待着海大的明天

你看云叠着云
不就像浪推着浪
潮起潮落
有人去，有人留

我伫立在那海天一线
不知是天映着海
还是海映着天
天空的尽头是什么
大海的远方是什么

海大送我
未来的未来
海风吹来
远方的远方

路　灯

王　喆

昏黄的路面上，
国槐有如灯笼，
把路灯包裹，
可是枝叶毕竟遮不住
探出冠顶的光芒。

朦胧的思绪里，
激情好似火焰，
把心田点燃，
难道我要徒劳地隐藏
呼之欲出的悸动？

逢海大百年拟作歌行

朱婧怡（2022 级汉语言文学）

海色天光一碧澈，薨瓦荫树半绿红。
烟浮鱼翔西海岸，剑指鳌载崂山葱。
四时异弦歌不辍，朝暮同木铎长鸣。
乐莫乐兮新相遇，仰之弥高效师风。
樱华摇落趁年咏，清辉入怀意尚浓。
时莫追飞光白马，乐从游行远须躬。

贺海大百年校庆有感

赵　姜（2023 级公共事业管理）

海纳千川育李桃，
取规行远向新高。
欲闻大浪因何啸？
百载宏图不避劳。

穿越时空拥抱你

姜文湛（2022 级食品科学与工程）

你可记得十年前
我们就曾彼此亲密相依

我高举单车跃过你
我踏出跑道扑向你
我就这样命中注定走进你

你是我儿时的自留地
承载了太多的烂漫回忆
也是校运动会的举办地
见证了我的第一个第一

我抚触过你岁月的痕迹
我多次流连你校园的美丽
我与你哺育的学子擦过肩
我一再惊叹你攻克的难题

我曾多次驻足沉思
想象着未来你我的样子
长大后一抬头
嗨，真是惊喜
我居然又遇到了你
正式回到你的怀抱里

涵育英才群贤至,是你
科技新潮尽兴起,是你
浩海求索无涯际,是你
砥砺前行不停息,是你

我一再望着你
视你为我品德与智慧的底气
你长久拥着我
将我那蓝色的梦网织入海里

愿我能被你永远骄傲地记起
愿你海纳百川
终将扬帆万里

一张字条

——致百年海大

高云帆（2022级食品科学与工程）

那是明亮的八月天
我怀揣着轻快的理想
在婆娑的树影下抬头张望
蝉鸣愈躁，你只静静地等待
期盼我踏过每一条小径

教室窗外层叠的绿藤
在夕阳中静默着
一场夜雨后，晚樱垂落了
花瓣拥挤在柏油路上

浮光里是百年的梧桐
新鲜的汁液在脉络中涌动
来来往往的人群哪
拂过耳边的是否
还是从前的晚风

你是灿烂的载体
盛满欢歌，阔步向我走来
笑声铺满了时间的罗盘
风铃清脆的声响
在记忆里荡漾

有好多话想要说
这张字条不知会湮没
在哪个角落
我是你百年中注定的过客
而你为我的生命留下了
不可磨灭的暑热

欣逢山海

常婧语（2022 级旅游管理）

我看见你遍历枪声与硝烟
穿越百年光景，向我奔涌而来
浩瀚烟河里，你有人文荟萃
也有波澜曲折，于弹雨里踽踽独行
在"文革"中浴火新生
而后瞬息万变，如日方升

回首百年，是鱼山路的新月诗
点亮文学振兴的星芒
是嘉陵江畔的模型船
劈开海洋研究的巨浪
展望百年后，东方红仍将奋勇航行
在未知的领域乘风破浪
三亚院开始寻觅新技术
探索热带海洋宝藏

你我自天南海北相聚一堂
也曾因于疫情之下
凌晨的敲门声惊醒美梦
人潮汹涌，言语间尽是惶恐
围困于铁栏之内
那一天大雾弥漫，白日当空

你我自天南海北欢聚一堂
也曾为我们的海洋摇旗呐喊
朋友圈刷屏,浏览量破万
海大人的千言万语汇成一句
"我们不能失去海洋"

落樱烂漫人间,白纱拂过春风
长夏晌午的路边,阳光与树影相拥
露染梧桐的清秋,望见暮云轻吻余晖
昏昏欲睡的深冬,枝丫上有寒酥几朵
山海之间欣喜相逢。岁月悠长
只一眼,就窥见百年峥嵘

行远东方红

冯硕杰（2021级会计学）

水面映着月光，
浪潮伴着航程。
我像一只怯怯的幼鸟，
立在甲板上，
感悟大海，
迎受咸涩的海风。

行远东方红，
黎明崛起于海天一线，
小舟继续破浪向前。
我在梦想的帆下，
不惧风吹日晒，
迈向更广阔的天。

百年一篇章

贾若栖（2021 级德语）

长空云舒卷，山川水长流
百年海大人意气如水，浩然荡漾
那涛声中的历史呀
请勿松开自癸卯年的明月这头
伸出的银杏枝条
请借由此情一系
去抚那海滩边细碎金沙的糙粒
去触那远山上喷薄欲出的朝日
去听那校园中无尽的铃声步声
年轻的腿脚踏着旧日的路
桌前的纸页和巡转的钟表指针
一同沉吟。人去人复来
游山游海，风景勾留人
华年篇章尽付书卷

船入海中，月明夜上
名姓里灌入滔滔大洋
百年一路破灾斩浪
藏于山间，静在一隅
桃李春风茵茵草
学子莘莘，求知若渴
每一刻时间都是最好的模样

谁不爱此处四季，春夏秋冬

各有其好颜色

不吝对驻足者展颜一笑

谁不爱此处的回廊与紫藤蔓

谁的吐息，与日月朝暮共享潮汐

谁的思绪，映了盈夜的一点灯花

谁的顾盼，含了夜幕中万朵星光

百年风物一瞬长

人非昨日，窗外依旧绿树白墙

架上封存的相纸已然褪色了吗

我拭去书封的尘埃

拂开朦胧的雾霭

蹁跹蝶、金桂叶，又至清秋节气

陈旧物、簇新事

山风不改，红瓦青山

怎长留五子顶的皎白月光

四季明媚，予我华章

——我与百年海大

张　瑞（2022级化学工程与工艺）

长梧桐道上的梧桐叶掉落
是因为思念太沉
所以带来了深秋
是啊，还记得在海大的思念吗
那一次又一次
如果不记得了
那就等到秋天
捡一片落叶夹进笔记本
每当翻开它的时候
也掀起了秋分时光
连同那份久远的思念

我们也总在樱花丛中
想到她的身影
因为她和樱花一般温柔
引人注目

春夏秋冬，潮来潮去
阳光依旧明媚
当我们一时身陷荆棘
抬头望一眼骄阳
低头看一眼辽阔大海
心中便拨云见日了

如果要离开这个地方
那么请再欣赏一次樱树花海
再眺望一眼漫漫星空
再倾听一次角落里的诵读声
再体验一次赶往教室的匆匆
再去自习室沐浴一次
海大的丁达尔效应
再享受一顿下午四点半的晚餐
最后，一定要去图书馆
读完没有读完的那本大学故事书
把回忆镌刻，把青春铭记

然而，我与百年海大的故事
仍在继续。期待
每一次浪花拍岸
每一枝花朵绽放
每一次柳暗花明
都将与海大共享，与青春共舞

不是我本来就有青春
而是生活给了我青春
海大就赋予了迄今为止
我生命中最璀璨的一段华章

我期待海大这艘扬帆的巨船
在那无垠的大海上
永远向更好的远方翱翔

旅人永驻

姜蔚然（2022 级行政管理）

校园小公交的后排，
车栏杆随意地将夜晚
框住，在眼前放映倒带。
一帧帧闪动的，
是马路上的点点留白。
人影飘过，渐行渐远，
我舒服地窝进
座椅的一汪深蓝。

暮色昏黑，半月徐来。
梧桐树叶在深秋默默相伴，
春日樱花做我歌唱你的手麦。

常有风同我耳语，
这声声呢喃是来自山间，
还是海上？
选择傍海依山，
你总是那样浪漫。

我应该在九月，赠你一枝
细柳——久留，久留。
愿时光永存，愿爱长久无忧。

我是青岛四年的背包客，
不经意间却承接了你一百载烟火。

你是春日棉花糖

——记海大樱花

李竹喧（2022级数学与应用数学）

你是春日里的棉花糖，软热奔放，
裹着百年惊涛，挟了沉沉书香，
一团团汹涌着，拥吻我的脸，
我面花激荡，踌躇着奉上，
蜜了沧桑，烘了匆忙。

我缓缓抬眸，只剩历史怠倦，
见你又重重叠叠炸染了天，
北伐烽火，抗战硝烟，摧折几多花蕊，
却撞不断，重叠里的墨色慷慨激绽，
墨色上的粉白泼洒四溅，
我总说看不够烟花，想它静悬，
终有你，浩瀚春日里帮我还愿。

腥湿的春土铺开弈局，
香嫩的春风强壮起柔臂，
扣在宽缝的小白瓣儿不是春泥，
是忖量了百年的大棋。
我探来双指，却轻衔不起，
你承载着世纪浮沉，抹碎了春的离意。

风怎舍得你真化作春泥，
徐徐而来将你吹起，
我和着你，抖擞起一场华丽，
海风见证了蓬勃的印记。

赴山海之约

——致百年海大

陈梦帆（2022 级 德语）

你自穗城往岛城，携书信一封
跨越四千里山海，赴与你的约定
瞻黄海无边，嗅咸咸海风
拥俊美崂山，赏娇嫩粉樱
你说，海纳百川，将我轻轻怀拥
纵我心悦于诚，依恋于胸，陶醉于梦
今日，你邀我跨山海而来
它日，我约你凌空摘星
学成致用，许身祖国，豪气如虹

百年如诗

陈水灵（2023 级工商管理）

行远，初见，与你有不解之缘
我漫步樱花大道，领略你落红翩跹
短短的一瞬，便浸润你长长的百年
百年如诗如幻，心中泛起漪涟

你可以是春风，轻拂三四月
樱花树下学子的笑脸
你可以是夏雨，滋润五六月
梧桐树上年青的叶片
你可以是艳阳，照耀七八月
荷花池畔灿烂的花瓣
你是一阕醉人诗篇，关于希望
关于爱，关于我们前程的无限

虽不曾参与你过去的百年
从此将你立于心田。梦中
你的未来盛大似锦，叶茂枝繁
海大如海纳百川，来日方彰显

冲　洗

郭雨霏（2022级国际经济与贸易）

历史的暗房里，是一帧
又一帧的现在进行时，
彩色的，重叠上一百年的黑白。

黑和白不属于颜色，
也是不属于我的经历。
洗出的照片被存进哪个
无人光顾的房间，
又夹进哪年的档案里。
残忍的氧气是时间的掌刀者，
模糊着黑白的图像，
狠心地剥去他的眼，
你的衣，花纹，我的项链。
直到，成为身下的汉字，
一页一页，被采进昆虫的篮子。

紫蝴蝶吐出字句，湮没
异国的呼喊。老旧的屋脊，
山峦，门前的古树，
暴露在橘色的阳光中。

汉字围成圈，绕着我
跳舞，时聚、时散。

无数个将要熄灭的篝火，
在翅膀下，紫色的，
保存微弱的火星。

当白色的句找到灰色的词，
当浑浊的泥塘燃起五彩的火光，
我紧盯着远方的眼睛，
从黑瞳孔到棕色瞳孔，
从故事到文字，
对比海浪与蝴蝶。
在回忆的炙烤中，
熔为我眼球里的黑与白。

山海四季，人间百年

吴韬熙（2022 级德语）

一、寒冬

樱花大道的积雪慢慢融化
我害怕融雪的寒冷
你吟咏寒冬的风雅

我说，樱花大道的寒枝
曾经多么生机勃发
而今它的花叶被狂风刮下
只剩寒枝在风中挣扎
百年的你是否曾感到害怕

你说，樱花大道的寒枝
抗争风雪的冲刷
又何尝不是一种挺拔
我的血肉是山海琳琅
我的灵魂是桃李天下
因为他们，百年的我
只吟咏寒冬的风雅

二、盛夏

樱花大道的寒枝换了年华
吐出的新芽早已长大

我欣赏书中的彩霞
你栽培含苞的鲜花

我说，樱花大道树梢的风采
问鼎千里的朝霞
它的深沉堪比子夜的天穹
我要在落满月光的灯下
描绘我最满意的海大年华

你说，樱花大道的树梢
在寒冬中傲然挺拔
也曾在盛夏里生机勃发
我既在黑暗中傲然挺立
便无愧于你们热爱的雪月风花

三、暮春晚秋

将来，我会走过无数的春秋
但我依然会怀念海大
暮春的樱花飘着生命的无瑕
晚秋的落叶舞着天国的神话

你对我说，闻一多先生引领我们
活络了百年前的死水
新泉倒映着我百年后的春华
老舍先生梦里清脆的驼铃
是百年鱼山校园里不变的清秋
王蒙先生谱写的青春之歌就如同
曾经的你，在樱花树下一笑回眸

哦,你别忘了,我们在大海中
酿的酒,烈得让海大学子才高八斗
它的厚重能让你,忘却离人心上秋

我还有一个又一个百年
因为老先生坚守着岁月悠悠
因为新青年追求着丹青妙手
而你,海大人,当你回首这一切
我会为你消融眉间的百年霜雪

昼夜晨暮

唐 鼎（2020 级海洋科学）

从沾满一百年潮湿海雾的指针中

拨开白船的航迹，亟待吹拂的人群涌

上海岸，捡起沙砾垒砌，化成

流动的石子（等待凝固成砖红的墙壁）

透过五层的玻璃，被解构为一阵

吹过沉重历史的风，从城市的心脏搏动

向着五月。它们将坍塌成一支

待续的乐章，不止不休静穆，却又仿佛在

鸣诉。它们会令你听见未知领土的冲锋

抛光一支笔，如同骑士锻造武器

它们会令你听见某个晨昏，八点的钟声

敲击着学院路上未名的星星

它们会令你听见一种轻柔的呼唤

如同一场多年前的梦呓，人们

在梦的荒原中沉沦。它们会令你醒来

在远天的绯红里，报以炙热的狂舞

光在上面流淌，一个影子忧郁，因干渴

而嚎叫。了然一切，又似乎无从知晓

晕染一个世纪的崭新年轮在我眼睛里旋转

一切未定的态势都留在这儿

他们不顾一切，野蛮生长

海大之子

白荣杰（2023 级光电信息科学与工程）

白驹腾云，骄阳当空。
桃李荟萃，治学黉宫。
海大之子，追影逐梦。
五湖四海，与君偕行。

莹莹皓月，杲杲艳阳。
竟日苦学，日短夜长。
海大之子，初试锋芒。
暂别劳瘁，惬入梦乡。

碧林百里，崂山千峰。
莘莘万卷，芸芸高朋。
海大之子，取则远行。
雄州胜友，问鼎苍穹！

爱如海大

康勇秦（2022 级海洋技术）

爱随风浪起
绵绵如海大
乐与挚友约
至此看樱花

意　外

丁莉莎（2023 旅游管理）

或许是你好看的桂冠，
或许一百二十二公里，
是还不算远的乡愁，
或许你与未来恰在同一个时空，
所以，相遇，算场意外。

或许是善意的面庞，
或许完全陌生的教室，
是卸下防备的良药，
或许喃喃自语本向往尘世喧嚣，
所以，莽撞，也有意外。

或许是未涉足的花径，
或许二十一天的疲惫，
敌不过黄昏的笑容，
或许预见的失去最叫人心疼，
居然，眼泪，让人意外。

或许大海的颜色本是湛蓝，
或许矗然耸立的高堂，
是对灵魂的抛光，
或许这将是日后寻常的晨光，
也会，害怕，出现意外。

或许是未想到的敞怀，
或许不经意的三言两语，
恰好安慰了十一时二刻的不安，
或许是转过身后的绝口，
所以，在意，叫我意外。

或许从未携上花囊，
或许那还未翻越过的明廊，
是炽热够不到的太阳，
或许这只是险滩的一隅，
但是，不安，蔓延意外。

或许还有待开的四月樱花，
或许，目光未抵的拐角，
还差一片黄叶来挡住半个镜头，
或许不经意间，有一朵落在我手心，
竟然，微笑，期待意外。

或许清风不惧山岗，
或许十八岁的稚嫩脚步有些许匆匆，
还不够认识百年老树的纹路，
或许宝藏藏在不语身后，
就让，明天，冲撞意外。

根

马子越（2019级汉语言文学）

有一天我告别身后的土地
在城市中蹒跚生长
满眼是布满霓虹的楼影
车流和人流在声声鸣笛中
面无表情，来来往往

城市就是柏油路和水泥墙
在不停的辗转中蜿蜒
它们衍生出不同的方向
在巨大的混凝土框架里
我浑不知日子的去向
无论在白天还是晚上
是一道道面无表情的铁门
阻隔世间的光影和芬芳
只有阳台上月亮清清亮亮

我就这样忘了家乡的模样
只剩脚掌下石砖冰凉
模糊的人影中车灯一刹
总能照见我缄默的流浪
我是如此怀念泥土的飘香
怀念漫山遍野一片苍茫
怀念庄稼地里淡淡的夕阳

经　过

王奕博（2021级德语）

天亮，我梦见你的生日
百年的风目击
来日方长的秘密
你眉峰上的露水青山
如黛，我在你的眉宇间
寻找青春的一生
携友梧桐，夕染落樱
持书执卷，相邀繁星
岁月生动不息

黄昏，我梦见我的离开
总有人要远走，来不及挽留
夜里我们静静坐着，双膝如木
为你写着诗歌。岁月的尘埃
无边，我幸而经过你的生命

你起伏不定的胸脯藏着
玫瑰色的黎明，歌声四起

我和百年海大

赵亚鑫（2022 级生物科学）

初见时谨慎期待，不免彷徨
在梧桐大道、映月湖畔、五子顶上
是中海苑温馨的小房，容纳了我
一身的疲惫和淡淡的忧伤

再见时温暖熟悉，有如重逢
遇樱花满园、飞鸟欢唱、猫狗自在
在宽敞的教室，普罗米修斯的圣音
指引我，拨开命运女神的丝线
寻找我一生的心之所向

一年四季轮换，已见过你的模样
却仍不知会在哪个转角碰上你
新奇、陌生、能为我带来惊喜
我的行囊从此多了一分沉重
在别离之际，你是如此温暖
让冷漠的人也能逐渐放下心防

一眨眼你就要一百岁了，风华正茂
厚积薄发、大鹏展翅。你让我期待
期待一路都能看到你崭新的模样

致海大

李琪琪（2021级汉语言文学）

初见是惊鸿一瞥
再见是无数次惊艳
几万次重来仍如
初遇一般，让我为之心动
万水千山，迢迢路远
也无法阻止命中注定的相遇

嗅过春的淡淡花香
听过夏的殷殷蝉鸣
看过秋的纷纷落叶
抚过冬的皑皑白雪
更赏过一次次日出和日落
每一天春光和煦
每一晚蝉蛙共鸣
每一场风吹雨落
我都紧紧追随你的身影

即便早已预见日后的分别
仍旧不必悲伤，更不必不舍
你是我人生旅途最难忘的站点
在未来无数个回忆的日子里
你我终会温馨相遇

我梦见

张岳洋（2021 级汉语言文学）

某天，随信寄来一片樱花
我梦见，自己跟着奔腾的川流
一下子就飘到了海角和天涯

我梦见，你从苍茫中蹒跚而来
拾掇起土地上颠簸的许多理想
海水滚烫，大地冰封，我跟着你
凿开极地的坚冰，走向海洋
海洋深邃，我跟着你
跨过残垣或礁石，走向生物的秘密
走向东方。后来东方炙热
你鼓励我去燃烧，笔直的手臂
举向太阳。于是乎
我踩上了五子顶广阔的胸膛

我梦见，我瞄准几十米外的箭靶
一发命中，满堂喝彩
我守着实验室里的透明水池
仪表跳出令人喜悦的音符
我昼夜伏在案前
修改法律草案中的瑕疵
刹那间，我又捧着书
肃穆地站在图书馆台阶前

歌颂理想的珍贵，大呼青春万岁

其实离开之后　我又能带走什么呢
作为内陆的孩子，我想要一罐海水
连同我随手抓住的一朵浪花
我日日祈祷着，不知道是否能到达

时空旅人

张梦丹（2021 级汉语言文学）

漫步在时空穿梭的岁月长廊
一扇扇古旧的大门静静伫立
答案镌刻在门上，被岁月的余烬
覆盖，悄悄诉说着历史的浓墨重彩
指尖抚开烬土那一刻
我的灵魂在火光中微微战栗
涛声穿破鸿蒙，刻下海大百年真理
明灯熠熠闪耀，映出海大百年历程

轻轻叩开 1924 年的大门
私立青大门前松柏挺拔
高悬的彩灯下，万国旗迎风飘扬
礼堂灯火通明：听！承礼仪之邦
继荣誉之史，更扬国土之崇光
百年前的意气冲破时间禁锢
如流星般点燃宇宙，炙烫灵魂与人心
点点余烬洒下，于是千万颗星星升起

旅人踏着时空继续前行
一多先生笔下的青岛浮闪着花海光色
如醉赏一纸飘入手中的锦笺
实秋先生在海棠氤氲中探求莎翁译作
晚年床头的海沙更添魂牵梦萦

振声先生振臂建设学科，改革校制
民主自由的海风于是盈满整个校园
老舍先生以血与泪磨炼着笔尖
书写出底层人民的呜咽
洪深先生安坐于舞台之下
看着海鸥剧社高喊出人民的信念
在那风雨飘摇的时代
礼堂两分钟的静默和着军民的血泪
爱国之志乘着海鸥，飞向千家万户

旅行结束了，恍惚中记忆与现实重叠
我漫步在樱花想容、石阶飘叶的校园
我静坐于窗明几净、书声琅琅的教室
我登上巨轮东方红，去看潮涌不息
蓝色梦想，去看一代代海大学子浩海求索
我走进六二楼，去看传承至今的红色精神
去看一代代海大学子的报国之情
最后，我来到了图书馆，轻轻翻开校史
恍惚之中，仿佛又回到了百年前的海大
百川归海，蓝梦潮涌，先贤遗训照亮
百年星空。今人追寻星光，从未言弃
山海见日月，天地与君同

远 航

王瑞瑾（2021级汉语言文学）

和远航的尤利西斯一般
随着洋流漂洋了六点三亿秒
在标志着永生的洞穴里
戏谑非理性的寺庙
废墟的残砖断瓦错综复杂
一切俯就的建筑均属徒劳

历史的脉络缓缓浮动在黄沙山丘
任凭月亮和太阳拨弄
从昏昏沉沉到光辉灿烂
庄严隆重的符号界将告别抛诸脑后
重建与推倒乐此不倦
樱花如梦雨，覆水难收

脚底的砾石滔滔不绝地翻滚在
忘怀多时的客体宇宙
娟秀纤细的额上刻满密密麻麻的皱纹
无人称性质的语言照映出贫瘠的大地
留下亘古不变的寂寞

名为他者的凝视炙烤熙熙攘攘
轮回的心跳洋溢在漂浮的流浪里
安置在蓝色的星空上
目光紧紧注视着百年的柔波荡漾

创作谈：

在拿到"我与百年海大"这样一个看似宏大的诗歌主题时，脑海里浮现出的第一句话便是"百年星空下我不必闪闪发光"。在年岁的流逝轨道中，"百年"固然只是人为符号划定的时间节点，但一百这个数字却蕴含着丰富的含义：它有对历史百年的回顾，有当下承载厚重的待发，亦有对于未来的展望。建筑会腐烂，樱花会开败，一代又一代的海大学子终将从这里离开、又团聚。

今年是我在海大的第三年，也是我即将抵达二十岁的时刻，因此六点三亿其实是"秒"的意思。全诗的视角我并没有计划好是从旁观者、第一人称，还是以海大为口吻来，因此只是随性而至，以期从时间和空间这两大传统坐标入手，以纷杂的创新凝视来完成这一场诗歌盛宴。建筑与花，甚而时间本身只是一种客体，是我们的心跳为其赋予意义与魅力，一如百年来的划归与庆贺。

百年海大意中游

李宣熠（2021 级汉语言文学）

大江伟唱，百川激荡，我化为
一滴水，倔强地向北走，
起于南海，奔向黄海，汇入时代。
浪花总是亲吻水手的桨，
游子也总是思念鲈鱼莼菜的香。
还好，君子国度自有建木高枝，
迎得南北候鸟的来往。

攀着被海浪拍打了千年的蛇纹岩，
晌午我就登上了灵旗峰。日落的橙
是在麦岛上的一抹，宁静而非忧伤。
烟火魅力不输于爱奥尼亚的美丽海滨，
山海之城承载着千年的愿力。
从灰蒙蒙的历史中走来，
染上绚丽的红，就化为了彩色图画。

我穿上了青色的衣袍，夫子
是精神矍铄的百岁老人，
屋宇之内，学音浩渺，
群集相磋，和而不流。
我苏醒在野火肆虐的黑暗之中，
第一次走出了布满壁画影子的洞穴，
看到了，清晰地看到了，

是旷野啊！是旷野啊！
我的神思就隐藏在精神的巡游中，
游走，游走，不知疲倦，仿若梦境。
一片春天的飞樱，从鱼山路33号落到
五子顶，化为一片银杏的秋。
不知先生的笔，又惹上了谁的愁。

儒生以文入圣，武子请缨为王，
一百一十九年的时岁变迁，
天下英雄不入天子彀中；
一百年的等候，多少学子又成人雄。
鸿鹄腾举，蛟龙搬海，
司辰挪星，天官换日，
那苍苍八千载日月，多少走鳞长角。
炎黄定下碑谷真传，
金枝林内，又是谁展筹谋。

且将那笏板一敲，琴弦一按，
阁灯亮起，今又是多少子弟展露
笔锋，勾画自己想要的模样。

一回头，我突然发现，一个婴儿
仿若还在襁褓中哭叫，也许百岁
未必就不能叫一声年轻人，
"生机焕发的学府"，
我点点头，向海而去。

我该如何形容你，我的海大

郝相怡（2022 级德语）

我该如何形容你
你像一棵寒秋的银杏
长久地伫立在
静默的门前
历史的雨水渗入你地下的筋络
化成半轮月亮般
金黄的丰美

我该如何形容你
你像一簇冬夜的篝火
寒风贴紧你的面颊
前人留下的火种
在每个人眼睛里的雪原中
燃烧，像无数个太阳的碎片
落入浩渺的大海

我该如何形容你
你像一条暖春的河流
蜿蜒过泛黄的卷轴
不动声色地汹涌，融化所有
白纸黑字的冰封
泥沙裹挟着碎金
沉淀下熠熠闪光的意义

我该如何形容你
你像一缕夏天的海风
那年，蝉在树枝上长鸣
你用带着咸味的自由
拥抱我的灵魂
雕琢我青春的岩石
远方，于是有了模样

但你的样子离你太远了
你比树木更永恒
比河流更广博
靠火太近，就会被灼伤
风太虚无缥缈，从不曾
在我身旁停留

所以，当我靠近你
像我第一次见你一样
我不会想起任何事
当我在你的身旁
我只是在你的身旁

坐百年

高悦涵（2022 级朝鲜语）

我想一直这样坐着，坐在海大的春天
感受那来自海岸的风裹挟期许，夹杂落英
看那樱树下花朵三五成群绽放，芬芳升腾
痒痒的樱花不经意地落在眉心
那是她以春天的灵魂亲吻
我们过往的浮沉、来日的梦

我想一直这样坐着，坐在海大的夏天
林间的蝉鸣清脆，创赛百舸争流、水声铮然
融融的骄阳如火落在身上
那是她以夏天的眼睛将我们
拼搏的姿态，可视化为一束束光

我想一直这样坐着，坐在海大的秋天
剥开的橘子一瓣又一瓣
而我们抖落枯叶、拨开芦苇，脱颖而出
脆脆的梧桐悄然落在发间
那是她以秋天的身影勾勒出
我们坚硬而明亮的金属光泽

我想一直这样坐着，坐到海大的百年
做助澜之浪，推波而前
或许没有泉涌灵思，没有经纶满腹
但得意就快马，不得意就加鞭
因为这是百年，也是多少人坐着筑起的千年万年

庆　生

姚佳琪（2022级汉语言文学）

春夜，漫步在盛满樱花的大道上

淡绛红、姜红、银白

柔软的花瓣轻裹黄嫩的花蕊

不经意间掉落，天空划过银丝

树下不经意地站着，忽然想起

她生于岛城，一个战火纷飞的年代

风雨飘摇中的顽石，她是

漆黑长夜里的明灯，她以手相持

她爱大海爱得深沉

乘一艘船探索蔚蓝的奥秘

她欢喜年轻的船员

迎来了一个又一个我

是我，又是别样的我

她以汗水浇灌每一束花

花开一束，又一束

当我备好沉重的行囊

与她别离、别离

她为我走向远方而歌唱

转眼已是百年，她愈发婀娜多姿

映月湖畔的白莲点缀着长发

九球广场的紫藤缠绕着细腰

一代又一代的我学成

归来、归来，为她庆生，为她曼舞

奔向那片蔚蓝

于潇桐（2023 级汉语言文学）

当晨光流入门槛，云朵镀上金边
有风从远方来，敲响光斑的琴键
于是，我听到了黎明的声音
踏上寻常上学路，穿梭于红瓦白墙之间
心中是天的辽阔、海的蔚蓝

当浪花汇成海洋，群岛簇成星群
有风从远方来，击碎染金的琉璃
于是我听到了山海的声音
喜欢看旭日从山头喷薄而出
也曾在沙滩抱膝听涛
路旁或樱花团簇、或梧桐参天

当再次漫步海大之园，与雕像无言对话
有风从远方来，寄来凝固的百年交响曲
于是，我听到了历史的声音
你从风雨中走来，抖擞一身沧桑
时间赋予你坚韧脊骨，血液却依旧鲜活

当浪花奔涌而来，汇入百年之海
有风从远方来，吹动了学子们的心弦
于是，我听到了希望的声音
百川入海，海纳百川
似白帆张开怀抱，拥向那片蔚蓝

我与百年海大

林雨欣（2021级会计学）

行大道睹一树梧桐思少年翩翩
生爱意尝两情相悦喜樱花欲绽
一任三杯茶底加三倍茉莉清谈
四海八荒共明月一轮心照不宣
真爱无言飘入心底若扁舟拢岸
又如陈年美酒沾唇总令人惊叹
浩浩海大经百年孕育学子万千
追随前贤启航入海看东方红遍

给我的老师

梁珺然（2022 级工商管理）

于老师，您是一个充满能量的人

您给我的感觉，像一间
明亮又宽敞的厅堂，走进去的人
都不禁挺起胸、直起背
注意自己的言行，希望能做得好
不由自主地被引导着向上

很感谢您如此用心地准备
每一堂课，如此富有激情地讲
每一堂课，如此耐心地对待
每一位与您交流的学生

拾忆海大

张馨友（2020 级国际经济与贸易）

如果要给眼前或脑海里的事物赋予意义
团樱烂漫，我的灵魂跳跃在肆意的雨夜
霞光璀璨，我的前路漂浮出伟岸的书馆
海风清冽，我的思绪辗转于陡峭的石阶
书墨厚重，我的气力吐息至坚硬的青板

我吝啬地挑挑拣拣，拾了雪天身后
一把大伞，早晨窗口递来的一杯热豆浆
课后眼前板书井然，暮时身侧欢声不断

抬眼恍惚间，仍是问候的笑脸
回望顿悟时，只留告别的流连
流苏由右至左，一下拨去沉甸甸的四年
不断翻新是生命，一任雪泥鸿爪
停笔戳刻为青春，笑对月寒日暖

我想撒泼胡闹，不愿意启程
一刻不想离开，可天色毕竟已迷蒙向晚
海大和我们这些学子，都要迎接明天

海纳百川，我们是她慈爱的分支
经年刻磨成千姿百态的瓷娃娃
爱意淹没雨夜、书馆、石阶、青板
于无声处，砰——热烈生花
无数朵花，在空荡的一亩三分田

无 题

赵韬然（2019 级法语）

木纹的桌子刻满二十年
阴晴，同这里的日子一样
会堆积灰尘

窗外季节变幻，迟疑不定
窗内的我不好假装落寞
是以悬在街角
想你，落笔时鸟群星散

今夜，我和胶东半岛一起
孤悬海外

无　题

岳新凯（2022 级市场营销）

冥古宙起的骤浪之海，
从风波中揭起生命的帆。
石头中迸出了时间的运动，
子房中啼出了历史的开端。

在海中腾跃，越过从无至有的奇点。
在风中激昂，吹开蒙昧雾霭的苍茫。
向海中远航，向风中绵延，
挨着烈阳和困苦，也享月下与花前。

黄海滔滔，巍巍崂山，
受此天色云霞，又漾出伏案烛光。
廿载小我与百年海大，如同
渺渺人类同茫茫深海一般。

海之子何如于此远航？
向生如逆旅，向死如秋叶。
我斟起一杯人类的果敢，遥祭而倾——
缟于海中魂灵，那冥冥中的祖先。

致　意

薛雨萱（2023 级食品科学与工程）

从百年前款款走来的，是你；
至今日娉婷而立的，是你。
昨日的烟尘锻造你，如今的辉煌簇拥你。
而大海依旧，而海大依旧，宁恬如昨。

我从远山奔流而来，追寻我已久的等待。
我等待百川入海，我等待海纳百川。
用你的安宁洗涤我，用你的阔大包容我。

河川留痕，静海无垠。我是你
散落的星子漫天，你是我行旅中
最秀逸的山巅。可否做你遥亘的天际下
一只鹤，纵横来去，自由起落？
是我的幸运，是我的骄傲。
在你百岁之际能够与你相逢，
高昂颀长的颈子仰观你的浩瀚，
我热爱你，热爱你的宁静和磅礴。

满怀不尽的崇高敬意，我愿呈上对你
恒久的仰慕！众多河流奔涌，为你的节日
欢呼！我亦在其中，敬献贺礼！

海大颂

张之晗（2022 级工业设计）

你是波涛汹涌中，一朵洁白的细浪
起伏来去，在悠长的历史中向上徜徉

我是细软沙滩上，一粒懵懂的细沙
拥抱着海的亲吻，享受着阳光的光芒

微咸的海风扑面而来，你我在八月遇上
或许是一瞬的拥有，却留下永久的惦念
或许是一时的陪伴，却留下难忘的印象

你托举起我的梦，推向更远的岸
转身奔向未知的深处，那一片浩茫

无远弗届

张　鑫（2022 级数学类）

我见证过海与堤的相逢，我就在
岸边。我看着你泛起粼粼
波纹，白船缓缓驶向一抹湛蓝。

预告者的歌声响起，和风一齐
驰过耳边。谁的念白与之相和，
在走廊，或引吭，或呢喃。

攀登，而楼梯疯长；灯影摇曳，
烛火如幻。墨，释散在
映月湖底，晕染在昏黄路面。

遗忘了你的步履匆匆，日子
便停泊在岸边。我的等待同雾气
袭来，呵一口气，扬起破晓的帆。

百年的描与叙

徐玮悠（2022 级数学与应用数学）

该怎么去描摹你？我曾凝望高空的薄云
一如你双睫如蝶翼；我蹚过小路万千条
一如血管密密蜿蜒着，缠绕你的脉搏

我听见虫鸟叽喳，我听见风声簌簌
我听见读诵放歌，一如你回旋的低语

可是，如果将你困于这小小的一隅
又怎么才能完全承载这百年的倒影

沿齐鲁山脉之脊走来，辗转迁移夺不走
你的风采；伴"东方红"破开的波涛
起舞，浪潮迭起，却拦不住你的脚步

你要凝望从这里出发的孩子去深耕
海洋，去改写生命，在极地碑铭上镌刻
你的名字，在漫漫书卷中编织你的历史

该怎么去形容你？你会自豪地说
你成就了数代人，数代人也成就了你
是百年跋涉的笑与泪，铸成你的代名词

光的形状

马莺歌(2023 级海科中外)

我是一缕光,或许是日光
因为这山海之间最不缺少的便是太阳
那是滚烫的青春与理想

我是一缕光,或许是灯光
因为操场教室和图书馆总是灯火轩敞
那是坚韧的灵魂与模样

我是一缕光,或许是星光
因为总有神秘的星星在校园内外闪亮
那是无尽的海洋与远方

我是一缕光,或许是目光
因为这百年有太多温馨的祝福与畅想
那是你一往情深的凝望

滴雨入海流

丘　杨（2023 级生物科学类）

一百年，从风雨飘摇到国泰民安
你在悬于海外的胶东半岛上默默坚守
一百年，从艰苦办学到春华秋实
你在草木掩映的八大关中励精图治
秋叶一度又一度飘落，停在长椅上

百年海大，百年风华，百年光景变化
孔子像下，求索济国的教诲入我心怀
映月湖畔，古朴馥郁的书香扑我面来
我虽然只是坠入汪洋的雨点儿一滴
但我终将积聚起磅礴力量，奔向远方

山海相逢

李艺榕（2022 级法学）

我与海大是穿越山海的相逢
旅途两千公里
从青藏的三江源头到华北的入海归流
听，黄河水澎湃

我与海大是追寻浪漫的相逢
风景四季变换
映月湖的蜻蜓点水在我心头泛起漪涟
赏，春日里晚樱

我与海大是薪火传承的相逢
百年树人接力
用知识之火点燃我青春的梦想与希望
嗅，图书馆墨香

我与海大是峥嵘岁月的相逢
无尽波澜翻滚
校史长卷讲述着海纳百川的广阔胸襟
看，东方红日出

初来乍到

刘嘉乐（2023 级食品科学与工程）

球茎根植沙地，慢慢了然大漠的绝望
雏鹰俯身山崖，俶尔投向天空的拥抱
蔓草沿着古木，徐徐蜿蜒向上向前
而我也不过新学子一枚，初来乍到
海妖在召唤，驶入你的智慧之堂
旋涡在催促，滑入你的理想之坳
百年之庆，谁的青春在绚丽张扬
您的荣光，令我骄傲，令我自豪

心　愿

——我与百年海大

潘承铖（2022 级海洋科学）

让我再捡一小片久违的秋天
携熹晨拭去月的泪点
请徜徉在梧桐大道上
一起迎接太清宫后升起的朝阳

让我在樱花树下将夜曲弹奏
沿晚风轻抚浪花的手
请别介意将晚未晚的天色
寂静夜幕里正在热映笔墨的探戈

让我回到与你初见那天
跨越山海，赴四年的宴
那时，大流行疾疫尚在猖狂
可青春的芬芳，口罩无法阻拦

最后的最后，让我饮尽
这杯百年的醇酒
参悟酒里深奥的积淀——
海纳百川，取则行远

以十四天遇百年

袁煜喆（2022 级政治学与行政学）

我与海大百年的相熟，从那十四天开始
十四天恍然而过，但却无比深刻
也许是日复一日的军训使人忘记时光流逝
半个月的日子竟过得如此短暂

抬头便能够眺望到远方如翠的崂山
给心中偶发的焦躁带来一丝清凉

当我们冒着青岛崂山时常不期而至的烟雨
把军训帽纵情甩到天上的那一刻——
视线随着帽子落下草地，溅起缕缕草丝
就好像意味着一场繁华或仪式落幕
好像一切都曾发生过，又好像一切都只是
一个美好、模糊而又无法忘怀的梦

举目望去，水泥灰、军装蓝、梧桐绿
黄墙红瓦与蓝天白云要多可爱就有多可爱
在这一年一度的日常与画卷里
也唯有那一年，我们才是画中人

百与一

窦铭泽（2021级数学与应用数学）

百也罢，一也罢，无非
都是川流中的沙砾
相遇于无意
无需告别或致意
一次擦肩而过而已

一如无需在意或拘泥于
赫瓦格密尔
与海格力斯之柱
在何处招摇或隐匿
或是否风马牛不相及

百年海大，你听我说

张　璐（2022 级汉语言文学）

两年前，我骑上一匹黑马
带着十八岁的青春气息
跨过柏油马路与桥
在你面前怯怯站定
你用豪爽的风拂面，抚去
我额角上的汗滴，将我拥入怀里

五年前，我发送过一只纸飞机
那是来自南边的信
翻飞、冲刺，越过 300 公里
思绪伸出触角，寻找你
亮晶晶的屏幕，也
茫然、好奇，又窃喜
正如未相见的我面对你

七十五年前，挣开了他人的枷锁
琴岛迎来了解脱的消息
自由的蓝衣，混搭的发髻
你早已是亭亭少女
伤疤化成了雨滴。你抬起
如水温柔的手，迎接孩子们光临

一百年前，题上一列深色的名字

你成为岛城知识的中心
扎起松柏牌楼、彩灯红旗
这一幕，都出现在谁的梦里
角声长鸣，炮火连绵
在滚滚长河旁，我迎接你的初生

海大十四行

赵培钧（2022级汉语言文学）

樱花。铜铸的像。柳絮。
石楠。泡桐。蒲公英。
夹杂着盐粒的风。布偶戏。
吱呀作响的椅子。断墨的笔。
戒断着骨髓深处的苦痛。
嗷嗷待哺的轮椅。
青蛇。木亭。数字中心。
锦鲤。螃蟹。北极星。
混卷着尘土的霾。扩音器。
沉默无言的石子。褪色的漆。
忍耐着胃部翻滚的疼。
一种避无可避的枯索结局。

庆海大

赵培钧

天清擎海树，日灼照山樱。
满院芳华沐，光临少客英。

重　逢

蔡文欣（2023 级新闻传播学）

是幼时，作为游客
在鱼山的惊鸿一瞥
种下不解之缘
依稀记起
初遇那满目油绿的摇曳
回忆如海风般朦胧，涌上心田

是今夏，作为新生
在崂山的心潮澎湃
许下四年之约
恰巧撞进
再会时清晨霞光的绚烂
校园在百年芳华里，如初庄严

在这里

——致海大

华小丫（2022级地球信息科学与技术）

把明天装进行囊，于碧瓦蓝天处
安放。谁踏碎一地日光
碧空下一轮橙红色太阳
樱树枝上蛰伏一朵期望
当新帆扬弃了旧桨
我走进你——于是草木青

神问黄昏生命的意义
——在斑斓泡沫里游行
礁石擎出又一朵浪花
乌云是雨虚幻的年轻的影
白窗帘翻飞出一个梦，又顺着
雾气，蜿蜒入灰蓝色的洋
在萤火虫照不亮的裂缝
我亲吻你——于是绿荫凉

金黄的风压弯谁的脊梁
时代的水无绝期流淌
——于是有了枝丫、麦秆和我
什么有太息般的眼光
什么把时间磨得锃亮
什么是成群的候鸟，又将我

带向何方？被无声的眼睛
默默凝望着的时候
我握紧你——于是秋雨来

那预期中的雪从未到来
斯卡蒂指缝间漏下的皑皑
婴儿睁开眼的时候
世界厚重的银帘被拉开
我的双眼褪去犹疑
我的双手指向涅槃
我的青春汇入汪洋
我的生命重归空白
在无数个背影组成的花台上
我拥抱你——于是春将至

大　海

胡子煊（2023 级大气科学）

雨水落过一百载，
后来就成了大海；
听风里很多声音，
在隐隐约约沉吟。

以为能握住云雾，
却只在水面漂浮；
放弃说爱的时候，
你握住了我的手。

大　鱼

陈楷文（2022 级汉语言文学）

我曾想象，这里是云遮雾绕的孤城
山的身后是黑海；梧桐叶
在四季的烧燎和冻结下凝结成
行将溃灭却肆意翻涌的碧绿
长风穿透所有的雪
散落城池的每一个梦

那些光和影漫漶成搭建的迷宫中
无限繁复衍生的诗和句

人，手捧书和火烛
漫越历史、梦境、言语和六义
遵守同一古旧诺言
叩问尘世间所有的路

"海是世界上最庞大最无限的容器
海和清空远比我们的一生悠长和恒久"

四合的山野外是海
山和树是泥土的庞大躯体
我们终日在巨鲸的骨骸中穿行
终日点亮烛光、慰藉黑暗
暗自生长出身体内部的脊骨和魂灵

昼是日光漫灌、海水清亮、巨鲸潜行
夜是透明的微光、失去时间、沉浮于
千万个梦粘连拼贴的巨鲸的梦

关于航行，巨鲸终会抵达

允诺希望

陈楷文

我和百年前来到此间的我，是同一人
同样的风叶、夜雨、山海、云翳、光华
同样的被网住的梦，纠缠不清的困顿
拔节般猛然的生长，一夜一页的告别和遗忘

他去哪里了，我还在挥霍着什么

他耐心等待的故事结尾是什么
我要用什么来追悔和承认过去
用什么来抵消当下、换取未来

他一砖一瓦搭建的房子和
我日日夜夜耕种的土地
是一百年后，人们还伫立着的地方吗

百年的梦

陈梦涵（2023 级政治学与行政学）

一艘小舟置身于柔软缓慢的波浪
我问你，为什么驶向东方
你告诉我，怎样才能心如大海
你依偎着大海，像与我同在
我的所有感慨都来源于你的馈赠

你看，那迎风飞翔的海鸟
携来遥远的风；它说冷季
即将过去，你的炽暖即将到来
海上的潮湿气息被阻隔在
山的那一边，但山峰并非有意
因为他们未曾阻挡酩酊的芳菲

花的洪流早已冲破冬的枷锁
樱花树下，人群如波
我们站在春风里，落花
使我们成为缤纷的人、烂漫的人
捡一捧花瓣，夹进书的扉页
文字与花，都蕴藏着无穷的力量

窗外浓郁的黑深过文字
火光始终亮过纸张的洁白
在梦中，我再次与你相遇
渺小的舟已成为百年的巨轮

承荣光岁月，砥砺前行

陈南烨（2022级汉语言文学）

仰头望，学贯浩海，德润方厚
您是奋楫笃行的先行者，独立
潮头，披肝沥胆，不惧风险
与挑战，勇探海洋与知识的奥秘

回眸看，生于墟纪，长于世纪
您是战乱烽火中顽强生长的树苗
历经风霜磨难，茁长为参天大树
百年峥嵘岁月，筑起硕果累累
您傲然挺立的身姿，亘古不变

回眸看，浩海求索，科教兴国
您是无私传递薪火的勇毅前辈
百年征程里栉风沐雨、砥砺前行
在海洋生态与水产领域成绩斐然
一路扶摇而上、培风图南
从容谱写一枝独秀的蓝色华章

叹今朝，海纳百川，取则行远
您是拥有博大胸怀的温润学者
高张"一带一路"高校战略
容纳来自不同民族与地域的学子
倾力书尽芳华，诲人不倦

尽显您拥抱世界的毅力与决心

我们作为又一代学子站在这里
无比崇敬这百年荣光岁月，感恩
您无私的教诲与培育。请您相信
我们将勠力续写辉煌篇章，传承
生生不息的校风，与您携手远方

百年倒计时致海大

陈水灵（2023 级工商管理）

九十八年零八个月，在漂泊了许久之后，我终于决定启航海大
我意识到我终究无法成为您眼中的英雄，那个光芒万丈的传奇
但我终于，也拥有了属于我自己的一片海域

九十八年零九个月，度过了六月的盛夏，我离您更近了，海大
我能预见到我们的未来，虽不尽辉煌，但肯定充满温暖与希望

九十八年零十个月，我终于见到您了，海大
我仿佛看到了我们共同筑梦的蓝图，在海的彼岸，逐渐清晰
我决意在艰苦的磨砺中，成为与您比肩而立的人

九十九年零两个月，我就要与您短暂分别了，海大
我不再是以前那个平凡的自己，却也不似您所期待的那般璀璨
或许，我可以称自己为一个多少有点儿用的人

九十九年零三个月，我站在火车站，手中紧握开往岛城的车票
对您的思念像风，一点点将我裹挟。我突然明白，我必须回去
回到您的身边。我将再次踏上那片熟悉的土地，与您重逢

九十九年零六个月，一眨眼，您就要一百岁了，海大
我们都为您的百年华诞憧憬着、筹备着。您沧桑变化
您岁月如歌；您巍然站在那儿，就是我永恒的归宿

作为我依恋的母校，您可能会问我，想对您说些什么
我想，我对您全部的眷恋与内心的憧憬都已在这首诗里了

海大，你听我说

陈　霞（2022 级汉语言文学）

你说，我们还能做孩子吗
百岁的你，十九岁的我
不是孩童了，可也不算成熟
时间催人长大、催人老
明天，你还愿意做孩子吗

我听说，眼泪无色，大抵是
为了便于隐匿。你问我，为何
在黑夜里独自哭泣，因为勇气
走失，没人替我拨通电话
问一句：还能再做孩子吗

你问我，为什么会害怕
成长是浪漫的诗篇
但，我讨厌成熟的酸腐。我想
我需要停下脚步，稍作停留
按下通话键，在他们的声音里
找到答案：再做一次孩子吧

其实，我曾在梦里为你
写诗，醒来之时，却已全然
忘记——原谅我还是个孩子
原谅我忘了名字，原谅我
还想做一个孩子
原来，我们可以一直做孩子

海大之百年

（戏仿痖弦《如歌的行板》）

景宗学（2021 级环境科学）

在大海般浩渺壮阔的蔚蓝里
是坎坷摇曳之百年
汹涌澎湃之百年
人文一再辉煌之百年
踏查海流、海浪、海温、海盐之百年
风暴潮与海水团之百年
海藻、扇贝或游鱼之百年

在浪花般澎湃勃发的青春里
是智慧涌动之百年
高歌嘹亮之百年
交叉创新之百年
再续人文辉煌之百年
后浪持续追撵前浪之百年
春暖花开、樱海起落之百年

在时间宽阔的河床上
百年激情就这样不息奔涌
终将汇入永恒的青春与热血之海
——未来之百年，百年之百年
此百年之圆满，乃是下个百年之起点

秋日黄昏

胡胜杰（2023 级旅游管理）

路过海棠路，转角处除了
名为太阳的那一颗
四周没有其他的眼睛
而夕阳，总会按时降临

天气逐日淡薄，远山渐瘦
沿路是无名的树，身体里
枯叶腾飞。明日遥远
时间在每一个枝头上迂回
琥珀色的灯光下，我
举起右手，像举起火炬
灰烬升起，沾满了白云
晚风纤细，太像一句叹息

从此，不再与谁交换
道路和黄昏。在海棠路
尽头，那秋日的尽头
我转身躲进诗的漩涡

我的大海与草原

董子瑜（2021 级汉语言文学）

万物灿烂，世界落在我的睫毛上
睫毛掉进眼眶，刺痛。揉眼之前
我看到，苦咸的海水淹没虫草
光秃秃的山峦在初夏里尽显尴尬
海水尽头，夕阳如血，被割下的马头
无助地呜咽。因为，这里没有草原

小心地拈下那根睫毛，我试着睁眼
于是，我看到高朋满座、推杯换盏
眼前的盛宴热烈而喧嚣——人们
豪饮后大笑，大笑后再次豪饮
祝福着这个属于你的百年华诞
而我，却为自己的卑小感到羞赧
只好躲在角落里，向你遥遥举杯
再一口饮尽——也许，草原
不该有这样又苦涩又咸腥的酒

你从高座上缓缓走下，将我的睫毛
放在掌心细细观察，轻声问我怕什么
我说，我怕酸软的笔写不出豪情万丈
我怕人们把病马的嘶鸣当作卖弄
我怕有人发现，辉煌的宫殿上有一块
掉漆的砖，我怕草原只是又一场骗局

你温煦地笑了，将睫毛归还给我
原来，百年间，你已见过我无数次
你说：万物灿烂，海纳百川
世界允许有人，在伟大中惶恐不安
大海，也许正是那蔚蓝的草原

创作谈：

经常有人赞美青春，无限美化青春。他们说青春孕育着无数种可能性，青年应该像喷发的火山一样，有无尽的力量，有一腔孤勇和满腔热血，去奔跑、去爱、去享受。可是，青春背后毕竟还有迷茫、无措、惶恐、担忧。更何况，并不是所有青年都热烈如火。怯懦如我，在面对叵测的人生时，很难不感到惶恐不安。

在诗中，草原代表着我所幻想的未来，海洋则代表自己的现状。其实，我根本不知道自己到底想要什么，不知道草原（也就是我的未来）具体是什么样的，所以也才会说，"也许，草原/不该有这样又苦涩又咸腥的酒"。但不管未来怎样，都不该是海水（也就是我的现状）这样，因为盈满迷茫，无比苦咸。诗中"呜咽的马头""病马""掉漆的砖"，都是我自己的写照。

比起人生百年，学校更像一位神祇，可以在历史长河中久久矗立。海大即将迎来百年校庆，学校立起了倒计时牌，各种宣传活动层出不穷。在一片兴高采烈里，我的迷茫与忧郁好像有些不合时宜。但是我相信，迷茫是每一个青年都会遇到的事情。海大这位长者，也一定见过无数和我一样的年轻人。所以，我把她想作一位和善的长辈，借她之口开导自己：万物灿烂，世界允许有人在伟大中惶恐不安。

我与我的海大

郭可婧（2022级电子商务）

初见是枝芽，
繁星闪闪，
呼呼喊喊。

相熟是片叶，
风雨之中，
脉络清晰，
身体舒展。

再见是朵花，
艳艳喜人，
清新自然。

海大百年献诗

王　玮（2022 级市场营销）

褪去夜色的轻纱，在东方红的曙光里
你矗立成塔，指引每一艘小舟
穿行在朝霞绘成的画

一九二四，初创探新径，鱼山路旁书声琅琅
二〇二四，世纪铸辉煌，黄岛滩头奋勇逐浪

花开花败总归尘，潮起潮落终入海
征途漫漫，岁月悠长，愿你
一往无前、风雨兼程、奔向远方

百年海大，你听我说

王茜倩（2023 级行政管理）

我并不了解你
在风的声音到达前
就仰卧于深蓝的涟漪
先拍遍红瓦栏杆
再看到风雨的足迹
接住了瞬间绽放的浪花
听海螺转播你的话音
循着金沙中的足印
向碧波深处前行
那里有晴空相映
去摘七彩的海星吧
它会告诉我
我不必问你向何处去
你是送我到此的一段暖流

无 题

孙 然（2020 级德语）

我曾以为浮藻阻拦了海底的鱼群跃向天空
浮云阻挡了宇宙的星光铺满地面
浮言阻隔了相思的手指彼此勾缠

我仍相信航行是无休无止的转弯
船是没完没了的离岸、靠岸
书写是不懂节制地画上标点

我曾以为生来即是河流，注定涌向大海
直到发现，河流不过是渠道里的水流

我仍相信生来即是水流，可以化作云雨
湖泊，但我不过是其中一只小小的甲虫

我寄望你是我的第三只眼睛，第十一根手指
第五瓣肺，等待命名的最新新闻

我寄望一片内陆湖在两个季节蒸发
渐渐比海更咸；在一个季节冻结
在最后一个季节等待冰川融水、重现

要怎么描述你，我的海大

宋俊利（2023 级汉语言文学）

要怎么描述你呢，我见过的海大的黎明
那是一个失眠的清晨，看见的一缕辉光
微弱地夹着山风，飘飘荡荡地穿过树影，又坚定地照亮了

要怎么描述你呢，我听过的海大的鸟鸣
那是一个散学的午后，看见的一只鸟儿
长长地拖着尾巴，忽闪忽闪地伴着夕阳，又透明地唱响了

要怎么描述你呢，我拂过的海大的花影
那是一个落雨的清明，看见的一丛花儿
摇曳地追着行人，重重叠叠地没入水洼，又洒脱地飞溅了

要怎么描述你呢，我身处的百年的海大
那是无数的朝晖与夕阴、草树与花朵、人声与鸟鸣

浪 花

张昊楠（2021 级德语）

我是一朵浪花，
我听到古朴的六二楼诉说行远百年。
我看到起伏的八关山凝望学子探索的画面。
不知五子顶下的早樱，可曾嗅到早春的甜；
不知梧桐大道的落叶，可曾领略晚秋的寒。
我卷动着、跳跃着、奔涌着，
游走过映月湖畔的四季变换，
见证大先生书写兀兀穷年。
我就这样投入了你的怀抱，百年海大园。
在这里，我将走过意义非凡的似水流年。

创作谈：

在看到"我与百年海大"这个主题后，我脑中立马浮现出了"浪花"这个词。海大这所百年名校像大海一样，海纳百川。而学子作为海大的一部分在知识的海洋里遨游，就像浪花在海中奔涌一样。本诗以浪花为题，并以浪花视角从听觉、视觉等多个角度展开创作。诗中包含了海大的重要元素，如六二楼、八关山、五子顶、梧桐大道等，又将这些元素拟人化，巧妙地融入了真情实感。

"卷动""跳跃""奔涌"，越来越活跃，越来越激烈，将全诗推向高潮。诗中"我"的视角也随着这三个动词由静转动。透过时间飞逝，看四季变换，看海大园一代代大先生奋斗的身影。

诗的最后呼应开头，"我"作为一朵浪花投入大海的怀抱。同时，用意义非凡来形容似水流年，突出在海大园中的探索学习是永生难忘的宝贵回忆。

无 题

胡　兴（2023级中国现当代文学硕士研究生）

我眼下意识不到你的姓名
正如我对我自己的名字无感
我的嘴唇触碰到我的指节
嗅到蒸笼里铁器呛人的水汽
我用触碰感知自己，也感知世界
我触碰到了簇成一团的嫩粉色双樱
触碰到了狭窄床架冰冷的栏杆
还有如岩石一样坚固狰狞的尿垢
我触碰不到停泊在码头的巨轮
我只蜷缩在你的一角。或许
下一次，当你成为远离我的符号
大众所熟知的那个，我会
因你的生日，而落下真挚的泪来

创作谈：

　　创作该诗的出发点是，即使我生活在海大已五六年之久，但对它仍无实感——或者说，我在校内、学院里感受到的海大，与我在媒体上看到的海大并不一致。也许因为外界所盛赞的事物，譬如"东方红3号"、海洋科技等等，都离我过远。我突然意识到，我所感知的校园，与"海大"这个名称挂不上号。同样，我始终也无法与我自己的姓名挂上号，常常听到其他人叫我时反应不过来。那不过是个符号，对所有人都适用的符号。所以我常常靠触摸、嗅闻、眼见去实实在在地感知世界，一个从我的感知中建立起来的世界。除此之外，我还常常注意到，真正身处校园的人往往无法生出对校园的爱，反而是离开之后，才后知后觉。这也是我创作的一个出发点，因为我还从未离开过海大。或许等我某天真正永远离开海大后，我才会因这永不再重来的校园时光而落泪。

破 晓

陈　璇（2023级中国现当代文学硕士研究生）

六点，四月，甲辰年，地铁线
十一号，驶向松岭路238号街道
那里是她的心脏和眼睛偷看
或凝望的地方。雀和鸟，翩飞
或倚落在梧桐的枝丫上
梳羽、哼歌、翘首。太阳有如
橘子胭脂一样，轻缓醇甜地晕开
苍色天幕的眼角可是玄月一弯
仍眷恋着不愿离场。还有云
还有风，缠绕落樱，穿过书声
涛声，凝落成满地熠熠
簌簌的斑驳。有一个少年皓齿
明眸、眼波笃定、身姿匆匆
那原本是海的壮阔、焰的明炯
百载光阴倏然归来、逝去
又何止一冬一夏、一朝一夕
眼前的破晓比起日霞、比起月芒
还要叫人幸福，幸福得微疼

创作谈：

　　小诗的内容是关于四月天的一个破晓。肉身从十一号线的地铁车厢抽离而出。我揉着半醒的眼走在梧桐大道，许久都没有再留心的天空、花木和风声突然闯进眼和耳，与我撞了个满怀。留在与逃离枝丫的樱花汇成云色霞色的片段,弯的月、圆的日都把光散撒在我脚下、我眼中的每一寸土壤、每一株植物上。那一刻是那样熟悉又新鲜。恍然间,我好像回到了一年前第一次来到海大参加研究生复试的早晨,一样也不一样的破晓,一样也不一样的春天,以及一样也不一样的海大和我,在此刻相拥重合。

回忆与此刻现实之间的离与合这般暧昧、虚拟而又真实得切骨。我站在校园里,站在这个让我梦绕魂牵几载光阴的地方,看破晓、看日落,摸索着为学、为人,遇挫、成长……我好像也成了破晓与破晓时分发生的一切中的一部分,不断枯萎,更不断新生着绽放。

特别幸福,特别痛苦。

特别痛苦,特别幸福。

桓桓海大

郭济瑞（2021 级汉语言文学）

上古《尚书》即采用四言体制，被后世认为雅言之正；之后形成的诗经，大量采用四言，也是雅言典范。中国海洋大学百年校庆即将来临，当以典正之言、四言古体诗体式，来表达对母校的敬意。

桓桓海大，伊山伊海。
厉世百载，显兹重光。
四方贤者，咸率骏奔。
炜烨焕烂，德行昭昭。
展翅搏风，宏图正从。
开帆远眺，创建辉彤。
今吾辈往，求诸比肩。

长梦——我在海大醒来

朱锐卿（2020 级食品科学与工程，2024 级食品科学与工程研究生）

长久的街景变换
山脚与沙滩
沿着梦境反复
老地方，抑或是远方

我梦见石老人的潮水
将贝壳浅埋
赤着脚的少女随意撷采
我梦见栈桥笔直
对岸是别墅、是船帆
是军舰和博物馆
是白鸥点缀的堤岸

我梦见琴浪屿的咖啡小店
单车破败，斑驳石苔
树影哗啦啦跳舞
宽巷子，老松柏
我梦见海风亘古不息
白猫时不时小憩，走走停停

我梦见樱花缱绻不依
飞落的红瓣铺满记忆
留存在山风碎片里

我梦见华灯在夜深处泛紫
回望楼，抬头月
路面的残花将彩裙挽起

我梦见生命初发
梦见初夏蝉鸣
梦见秋阳落幕
梦见踏雪轮回
我梦见四季与灯塔熄灭
梦见死亡与大厦崩塌

长久的风景变换
微雨与春寒
沿着梦境反复
远方，抑或是老地方

百年老校同一个打补丁的小孩儿

王文哲（2022 级汉语言文学）

这是个打补丁的小孩儿
来接他的旧绿皮
攥在手里的新车票
是他用十七年和三十万人对赌赢来的
无数人想他倒
但他是不死鸟

第一次见他
一个打补丁的灰色小孩儿
跟红瓦白墙有些不搭
午后绿茵场的暴雨
樱树后的山茶
你以此作礼迎他

高楼对海，长窗向西
所有落下的雨都在滴星
书中飘出浩白色的烟
洗掉乌云破絮
在槐香中喝个烂醉
那年，你刚好百岁

为什么不告诉他
你泅渡一个百年

见过白马逃入木匣
佛陀死于枪下
一个打补丁的小孩儿
穷得买不起春天

你一掷百年
把四季捧到他面前

创作谈：

既然是"听我说"，那我就用第二人称同海大讲一个人。"一个打补丁的小孩儿"，既说明他的家庭是贫穷的，也说明他这个人"土土"的。更深一步来说，"补丁"也说明了他身上有过"裂缝"，缝缝补补地"修好了"，可是裂缝的存在会让他自卑怯懦。

我喜欢用对比，就像"旧绿皮"和"新车票"、"十七"和"三十万"，勾画了一个对独自远行有点紧张的倔强穷小孩儿。

高饱和与低饱和颜色对撞，灰色小孩儿，一个冷色调的角色。但是，对海大的描写是高饱和的，"红瓦白墙"、雨后的绿茵场、红山茶……我希望有着绚丽颜色的海大能"浸染"这个小孩儿。

"高楼对海，长窗向西"并非原创，是摘自余光中先生的《高楼对海》。我很喜欢这两句话的意象，第一次看到就想到了海大。落下的雨是在"滴星"，这是一种方言的联想，河南话中"下雨滴点"叫"滴星"。"浩白色的烟"洗掉"乌云的破絮"是一种隐喻，书里得到的知识洗掉了小孩儿身上的灰色——自卑和胆怯。"槐香"是因为写这首诗的时候，海大的槐花开得正盛、香得醉人。

这不是我第一次在诗中用"泅渡"一词，我在另一首写老舍先生的诗中写到过"泅渡近百载春秋/看见无数个黧青"。"泅渡"是指游泳而过。我很喜欢这个词，像是涉过很多条河以后，那个人尽管一脸疲惫，但依旧坚毅地笑着。"白马""木匣""佛陀""枪"这四个无瓜葛的事物形成了一个怪诞的画面，因为奇特，但百年来他总是能见到的……就像"沙漠下暴雨""大海驱逐鲨鱼"。"最后，穷得会买不起春天"这句诗也是余光中先生的诗句。他这个打补丁的小孩儿,买不起春天,买不起阳光,买不起希望。

但是你啊,像豪掷千金一样豪掷岁月,用一百年把四季捧到这个小孩儿面前。这首诗的初稿一开始,其实没有最后两句,后面的几次修改也没有添加句子的打算。但是,等到最后誊写时,这两句就像风一样,自然而然地显形在纸上。

我本来也在想:要不要写写海大的名人,海大的校史?但既然题目是"你听我说",那便让我作为这个故事的讲述者吧,讲一个我熟悉的人,讲他和海大的羁绊。

其实猜得到,这个"打补丁的小孩儿"就是我,"他"也是我。本来是我和海大的故事,但是我更愿意做一个说书人,把我从故事中剥离出来,用我的故事塑造出这个有补丁的小孩儿。这个形象比我更加浪漫、更加诗意。

我的口水太多了,所以有了青岛的雨季。我不是才华横溢的天才,这首诗我改了又改。我只提及事物。我可以提到海大,但我解释不了它。我已经很久不写诗了。我在海大园里,在很努力地把自己的生活过成诗……

七律·贺母校百年校庆

刘恒魁（1978 届毕业生，原国家海洋环境监测中心正高工程师）

百年海大美名扬，细琢精雕铸栋梁。
蕙圃敷荣姿淡雅，芝房擢秀魄芬芳。
五湖学子情怀阔，四海征船航线长。
教育领先谋济国，科研硕果报中央。

"人生永远追逐着幻光"

——臧克家在老海大（微诗剧）

刘　妍、李雪颖、陈　然（2022级中国现当代文学硕士研究生）

（一）千古流芳大先生

一九四九，岁月悠悠，
鲁迅辞世，已十三秋。
人民群众，胜利欢歌，
盛大活动，缅怀先贤。
老海大校友臧克家，才华横溢，
挥毫泼墨做《有的人》，为时代放歌。

有的人活着
他已经死了；
有的人死了
他还活着。
有的人
骑在人民头上："呵，我多伟大！"
有的人
俯下身子给人民当牛马。
有的人
把名字刻入石头，想"不朽"；
有的人
情愿作野草，等着地下的火烧。
有的人

他活着别人就不能活；
有的人
他活着为了多数人更好地活。

骑在人民头上的
人民把他摔垮；
给人民作牛马的
人民永远记住他！
把名字刻入石头的
名字比尸首烂得更早；
只要春风吹到的地方
到处是青青的野草。
他活着别人就不能活的人，
他的下场可以看到；
他活着为了多数人更好地活着的人，
群众把他抬举得很高，很高。

是啊，
有人身已死，灵魂长存，
有人肉身在，枯槁无神，
鲁迅如此，大先生亦如是，
生命之真谛，非在肉身在灵魂。

师者，指引我们前行路，
烙印深刻于成才道路上每一寸心骨。
师恩如山重，
大先生教诲下，稚嫩学童终成材为栋。

历史面纱轻轻掀，往事浮现眼前，
海大传承，是信仰也是诗篇。
学童成长为大先生，循环往复不断。
如今站在这历史的节点，
感怀前辈，更要勇往直前。
让大先生的精神，永远照耀海大园，
让传承之火，永远燃烧在心田。

（二）幸遇伯乐闻一多

一九三零年夏日晴，
臧克家赴青应试。
杂感一题三句成佳作，
尽显卓越文学功底。

人生永远追逐着幻光，
但谁把幻光看作幻光，
谁便沉入了无底的苦难。

二十八字映才情，
闻一多览字如金。
才子臧克家破格录取，
入学外文再转中文系。
系统学习诗歌艺，
臧克家已成诗中人。
访闻一多恰逢烧诗，
"未成之诗"必销毁。
缜密态度撼臧克家，
部分诗稿亦成灰。

严谨精神紧追随。
文学之路同砥砺，
臧克家曾言：
"我的诗是从火中开始的。"

克家不负老师期待，
驰骋于诗歌之路。
一多楼内书声琅琅，
臧克家潜心学习承匠心。
节奏韵律心间舞，
遣词造句墨飞扬。
更感恩师言国事，
耳濡目染间追逐崇高。
华夏大地正遭战火，
此情此景心中更难平，
聚焦于大地底层人民苦，
描绘苦影挣扎在死亡饥饿中，
笔下流淌《难民》篇。

日头堕到鸟巢里，
黄昏还没溶尽归鸦的翅膀，
陌生的道路，无归宿的薄暮，
把这群人度到这座古镇上。
沉重的影子，扎根在大街两旁，
一簇一簇，像秋郊的禾堆一样，
静静的，孤寂的，支撑着一个大的凄凉。
……
一阵叹息，黄昏更加了苍茫。

一步一步，这群人走下了大街，
走开了这异乡，
小孩子的哭声乱了大人的心肠，
铁门的响声截断了最后一人的脚步，
这时，黑夜爬过了古镇的围墙。

在城边，夕阳余晖下，
老马的身影显得疲惫，
在屈辱与苦难中，默默前行。
老马的厄运，不仅仅属于它自己，
更是亿万农民的写照。
从那沉重的步伐，
看到了，
被无尽的辛劳和束缚的命运。
诗歌虽短，情义却真。

总得叫大车装个够，
它横竖不说一句话，
背上的压力往肉里扣，
它把头沉重地垂下！
这刻不知道下刻的命，
它有泪只往心里咽，
眼里飘来一道鞭影，
它抬起头望望前面。

闻一多先生慧眼识珠，
将《难民》与《老马》推向诗坛前沿，
臧克家崭露头角，

以诗坛新星之姿划破夜空。
师恩如山，深厚且难忘，
如同大地，滋养万物生长。
臧克家唱出真挚赞歌：

"闻一多先生，是卓越的学者，
热情澎湃的优秀诗人，大勇的革命烈士。"
"他，是口的巨人；他，是行的高标。"

岁月如歌，悠悠而过，
臧克家已逾古稀之年。
面对"一多楼"，心潮澎湃，
往昔回忆，涌上心头。

在亲人扶持下，
我登上这座楼房，
一步一步走向过去，
走过了半个世纪的时光。

站在这个房间里，
我重温一个美梦：
手握草创的诗稿，
来这儿请教的心情。

主人已经不在了，
以他命名的小楼永世闻名。

楼影巍峨，屹立不倒，

如同恩师，永存心间。
一多楼间，臧克家寻得方向，
在诗歌的海洋中，扬帆起航。

（三）亦师亦友王统照

青岛求学路漫长，
幸遇良师与益友。
每谈《烙印》诗集中，
感激之情如泉涌。
除却闻师多指导，
统照先生常记心，
《罪恶的黑手》崭露锋。
若无剑三之助力，
小书难问世间传。
友情深厚似海洋，
永记于心不相忘。

"奴隶们，什么都应该忍受，
饿死了也要低着头，
谁给你的左腮贴上耳光，
顶好连右腮也给送上，
忍辱原是至高的美德，
连心上也不许存一丝反抗！
人间的是非肉眼那能看清？
死过之后主自有公平的判定。"
……
等这群罪人饿瞎了眼睛，
认不出上帝也认不清"真理"，

狂烈的叫嚣如同沸水，
像地狱里奔出来一群魔鬼，
用蛮横的手撕碎了万年的积卷，
来一个无理性的反叛！
那时，这教堂会变成他们的食堂或是卧室，
他们创造它终于为了自己。
那时这儿也有歌声，
不是神秘，不是耶稣的赞颂，
那是一种狂暴的嘻嚷，
太阳落到了罪人的头上。

观海二路 49 号，昔日再回首，
王统照宅内聚首，以文会友。
高谈阔论笑声扬，兴致勃发拘谨消，
剑三风采露，诗人情态显锋芒。
师长教诲心铭记，朋友关怀暖心房。
时光荏苒多年后，重回故地情依旧：

独立小庭院，
漫草凌乱，
背起大海，
我向小楼高处看。
右边这两间小客房，
当年汇聚过多少时彦，
《全唐诗》一匣，绿字标签，
我在这儿享受过家乡风味的午餐。

门铃一按，老头儿急传，

好客的主人，
顺着陡直的扶手
一溜而下，身轻如燕。

而今，扶手已经衰残，
小心攀着它，登上危楼，
我走过每个房间，
一一去印证当年。

青岛，美丽的海岸，
屈辱与荣耀交织；
臧克家，诗的灵魂，
从这片土地汲取情感。

海浪拍岸，波涛汹涌，
铸就他诗歌的锋芒；
闻一多、王统照，海大的星斗，
引领他走向文学之巅。

回首往事，诗篇轻吟，
海大的传承在心头；
"高山仰止，景行行止"，
虽不能至，心向往之。

百年海大，故事流传，
理想与精神为帆；
师长教诲，如灯塔指引，
披荆斩棘，勇往直前。

青岛的风，吹拂诗篇，

传承的火炬不曾熄灭；

愿我们继承海大精神，

为梦想，为未来，奋力前行。

创作谈：

我们关注的是臧克家如何在老海大校园中，受到恩师闻一多和王统照的指导和教诲而逐渐成长的故事，是大先生引导学生成为大先生的典范。这不仅是海大大先生的传承，更是一种育人的信仰。作为学生，我们受到各位老师的悉心教诲，不管是做学问还是做人方面都收获颇多。而恩师教导、学生成长是从海大建立以来就形成传统、代际相传的模式。我们以臧克家的学习成长和闻一多、王统照的鼓励引导为主线，一方面是想表达学生对大先生先辈的尊敬与感恩，另一方面借此故事，激励学生不断进取、不负恩师。

后　记

　　中国海洋大学的校史最早可以追溯到 1924 年创立的私立青岛大学。今年,海大迎来了她的百年华诞。

　　而文学与新闻传播学院的院史,也可以追溯到 1930 年国立青岛大学时期成立的文学院。那时的院长兼中文系主任,是著名学者、爱国诗人闻一多先生。

　　海大的人文历史一经开启,便似一轮旭日,在黄海之滨冉冉升起。受现代小说家、时任国立青大校长杨振声感召,文坛大家沈从文、老舍、梁实秋、方令孺等纷纷在鱼山校园集聚、扎堆任教,成就了海大百年历程中的第一次人文辉煌。

　　1950 年代初,海大见证了自己的第二度人文辉煌。当时的山东大学作为海大前身,以文史见长,王统照、冯沅君、陆侃如、高亨、萧涤非和杨向奎、王仲荦、赵俪生、陈同燮等文史巨擘云集,一时无两,蜚声中国高等教育界。

　　到了本世纪初,以人民艺术家、著名作家王蒙先生加盟海大文学院为标志和号召,海大进入人文振兴的新时期,各方人杰星星点点荟萃而来,初具人文气象。

　　从闻一多、臧克家到王蒙,从《红烛》《有的人》到《〈青春万岁〉序诗》,海大人向来都有爱诗、写诗的传统。诗歌与青春相伴,校园不能没有诗歌。一个可信手拈来的例证是,在海大,"诗歌美文大赛"已连续举办了 21 届,成为文新学院主办的品牌创新活动之一。

　　近年来,海大园中的诗歌创作、诗歌讲读、诗歌品评、诗歌朗诵、诗歌大赛尤其活跃。这一方面是学校、学院常年来重视人文素养涵育、重视校园文化建设的瓜熟蒂落，另一方面也得益于于慈江教授和他主持的一多诗歌中心的倾力付出。

要庆祝海大百年，我们拿什么奉献给她呢？

当然，百年海大树人立新，为国育才；百年海大深耕海洋，勇立潮头；百年海大探求知识，创新学术；百年海大服务社会，传播文化。

随着百年这一重要历史时点渐行渐近，学院的老师和同学们商议着用各种不同的具体方式，来真切表达对校庆的祝贺、对学校的情感。比如，在学校的支持下，我们改善了学院周边的环境，加强了校史、院史宣传和文化建设，组织了系列学术活动，密切了与校友、院友的联系。

同时，我们也特意策划出版了几种纪念性书籍。《百年海大，我对你说》这本诗集正是其中之一。

诗集分为"教师篇"和"学子篇"，收录了学校师生一百多人共计三百多首诗歌。学院通过网页、微信公众号、微信群等发布通知、广泛征集，全校许多老师同学热烈响应、积极参与，慨予支持和鼓励。尤其是，文新学院师生参与度最高。

诗集的另一个重要稿源，系入选一多诗歌中心各类"一多诗会"的优秀原创作品，以及于慈江教授《百年中国新诗研究》《中外现代经典诗歌鉴赏与诵读》《20世纪新诗研究》等课上的学生习作。

这本诗集中的诗作既有现代诗，也有古体、近体诗；既有资深如于慈江、傅根清等学者兼诗人的"压仓诗"，也有各年级、各专业青葱学子的诗海"试水"之作。这些诗作无论属于何种体式和题材、无论是长篇还是短章，都饱含着作者对海大的真挚情感、对校园所在地青岛的无限眷恋、对所处时代的深刻体察、对自然和社会的细腻感受，读来每每令人为之动容。

在组稿和编辑过程中，于慈江老师付出了最大的辛劳——他不仅不厌其烦地反复审读了所有诗稿,还对大多数学生的诗作进行了多次修润。根据于老师的建议,我们把不无稚嫩之处又不乏新意和锐气的皇皇数万言《"海之子"诗评十则:我眼里的海大诗歌》作为本诗集《代序》——既不妨视为进入诗集的一份别致的阅读"导引",从中也可以大致领略这些来自文理不同专业的海大学生的学术积淀和文字素养,以及对诗歌的独到视角与见解。

在征稿过程中,学院党委吉晓莉副书记、中文系熊明主任做了大量工作。博士生周淑芬同学等也参与了诗稿的整理。在此,还要特别感谢中国海洋大学出版社的大力支持。

这本诗集既是文学与新闻传播学院献给海大百年的一份虽不免微小却弥足郑重与别致的礼物,更是所有作者之于母校百岁华诞的一腔殷殷与拳拳之忱。希望它终能幸蒙爱好诗歌的海大师生、广大校友和读者朋友垂青。

我们也衷心欢迎专业人士给予批评指教。

中国海洋大学文学与新闻传播学院院长
修 斌
2024 年 8 月 2 日